GOLDEN CLASSICS

Agatha Christie

Ein Mord wird angekündigt

Roman

Scherz

Einmalige Ausgabe 1998
Überarbeitete Fassung der einzig berechtigten Übertragung
aus dem Englischen
Titel des Originals: »A Murder Is Announced«
Copyright © 1950 by Agatha Christie Mallowan
Alle deutschsprachigen Rechte beim Scherz Verlag,
Bern, München, Wien.
Umschlaggestaltung: Manfred Waller
Umschlagbild: AKG, Berlin
Gesamtherstellung: Ebner Ulm

1

An jedem Wochentag zwischen 7 Uhr 30 und 8 Uhr 30 macht Johnnie Butt auf seinem Rad die Runde durch das Dorf Chipping Cleghorn und steckt die verschiedenen Zeitungen in die Briefkästen der Häuser, so wie sie bei Mr. Totman, seines Zeichens Schreibwaren- und Buchhändler, bestellt worden waren.

Colonel Easterbrook erhält die *Times* und den *Daily Graphic*, Mrs. Swettenham die *Times* und den *Daily Worker*, bei Miss Hinchliffe und Miss Murgatroyd gibt er den *Daily Telegraph* und den *New Chronicle* ab und bei Miss Blacklock den *Telegraph*, die *Times* und die *Daily Mail*.

Am Freitag erhält jedes Haus im Dorf außerdem ein Exemplar der *North Benham and Chipping Cleghorn Gazette*, allgemein die *Gazette* genannt – und die meisten Einwohner von Chipping Cleghorn greifen nach einem flüchtigen Blick auf die Schlagzeilen der Tageszeitungen voll Neugierde nach der *Gazette* und vertiefen sich in die Lokalnachrichten. Oberflächlich werden die «Briefe an die Redaktion» gestreift, in denen die Zänkereien und Fehden der ländlichen Gegend ihren Niederschlag finden, und dann wenden sich neun von zehn Abonnenten dem Inseratenteil zu.

Auch am Freitag, dem 29. Oktober, gab es keine Ausnahme von dieser Regel.

Mrs. Swettenham strich sich ihre hübschen grauen Löckchen aus der Stirn, öffnete die *Times*, überflog sie und fand, daß es dem Blatt wie gewöhnlich gelungen war, etwa aufregende Nachrichten geschickt zu verbergen.

Nachdem sie ihre Pflicht erfüllt hatte, legte sie das Intelligenzblatt beiseite und griff neugierig nach der *Chipping Cleghorn Gazette*.

Als ihr Sohn Edmund kurz danach ins Zimmer trat, war sie schon in die Inserate vertieft.

«Guten Morgen, mein Kind», sagte sie. «Die Smedleys wollen ihren Daimler verkaufen – Modell 1935 ... reichlich alt.»

Ihr Sohn grunzte etwas vor sich hin, goß sich eine Tasse Kaffee ein, nahm zwei Brötchen, setzte sich an den Tisch, öffnete den *Daily Worker*, sein Leib- und Magenblatt, und lehnte es an den Toastständer.

«‹Junge Bulldoggen›», las Mrs. Swettenham vor. «Ich weiß wirklich nicht, wie Leute es heute noch fertigbringen, große Hunde zu füttern. Hm, Selina Lawrence sucht schon wieder eine Köchin; ich könnte ihr sagen, daß solche Anzeigen in dieser Zeit reine Verschwendung sind ... Sie hat noch nicht mal ihre Adresse angegeben, nur eine Chiffrenummer – das ist *ganz* schlecht –, ich hätte ihr sagen können, daß Dienstboten immer zuerst wissen wollen, wo sie arbeiten sollen. Sie legen Wert auf eine gute Adresse ... *Falsche Zähne* – ich verstehe wirklich nicht, warum falsche Zähne so beliebt sind ... *Herrliche Blumenzwiebeln*, unsere Spezialauswahl, äußerst preisgünstig – scheinen wirklich nicht teuer zu sein ... Hier möchte ein Mädchen ‹*Interessante Stellung – Reisen erwünscht*›. Na, wer wünscht sich das nicht? *Dachshunde* – ich habe Dachshunde nie besonders gemocht ... Ja, Mrs. Finch?»

Die Tür hatte sich geöffnet und gab den Blick frei auf Kopf und Oberkörper einer grimmig blickenden Frau mit einem abgeschabten Samtbarett. «Guten Morgen, Ma'm», sagte Mrs. Finch. «Kann ich abräumen?»

«Noch nicht. Wir sind noch nicht ganz fertig», erwiderte Mrs. Swettenham freundlich, aber mit Nachdruck.

Mrs. Finch streifte Edmund und seine Morgenlektüre mit einem seltsamen Blick und zog sich schniefend zurück.

«Was heißt ‹noch nicht ganz fertig›», protestierte Edmund, «ich habe doch gerade erst angefangen.»

«Ich wünschte, Edmund, du würdest nicht dieses gräßliche Blatt da lesen, Mrs. Finch kann es *überhaupt nicht* leiden», klagte Mrs. Swettenham.

«Ich verstehe nicht, was meine politischen Ansichten mit Mrs. Finch zu tun haben, Mutter.»

«Außerdem», fuhr Mrs. Swettenham unbeirrt fort, «wenn du wenigstens ein Arbeiter wärst. Aber du tust doch keinen Handschlag.»

«Das ist einfach nicht wahr», antwortete Edmund empört. «Ich schreibe ein Buch.»

«Ich meine *richtige* Arbeit», beharrte Mrs. Swettenham ungerührt. «Und was machen wir, wenn Mrs. Finch nicht mehr zu uns kommen will?»

«In der *Gazette* annoncieren», schlug Edmund grinsend vor.

«Ich hab dir gerade erzählt, daß das sinnlos ist. Oh, mein Lieber, wenn man heutzutage nicht eine alte Kinderfrau in der Familie hat, die auch kocht und alles mögliche andere tut, ist man *aufgeschmissen*.»

«Na gut – und warum haben wir keine alte Kinderfrau? Warum hast du mich nicht rechtzeitig mit einer versorgt? Was hast du dir dabei gedacht?» fragte Edmund mit gespielter Entrüstung.

Doch Mrs. Swettenham war schon wieder in die Kleinanzeigen vertieft.

«*Schreib deinem verzweifelten Nasenbären* – Mein Gott, was für alberne Kosenamen die Leute doch haben... Schon wieder Dachshunde... und *Cockerspaniels*... Erinnerst du dich an die süße Susi, Edmund? Sie war wirklich wie ein *Mensch*. Verstand jedes Wort, das man zu ihr sagte.. *Louis-seize-Sekretär* zu verkaufen. Altes Familienerbstück. Mrs. Lucas, Dayas Hall... Die Frau lügt doch wie gedruckt! Mrs. Lucas und Louis-seize, also wirklich...!»

Mrs. Swettenham schniefte kurz und fuhr dann mit der Lektüre fort:

«‹Es war alles meine Schuld, Darling. Liebe dich unsterblich. Freitag, wie üblich – J.› Ein Streit unter Liebesleuten vermutlich – oder glaubst du, es handelt sich um einen Code von Einbrechern?... Schon wieder *Dachshunde*. Also wirklich, offensichtlich ist überall Nachwuchs eingetroffen...

‹Wegen Auslandsreise marineblaues Jackenkleid zu verkaufen›... weder Maße noch Preis sind angegeben... eine Hochzeitsanzeige... nein, ein Mord... was?... aber da hört sich doch alles auf!... Edmund, Edmund, hör dir das doch mal an: ‹Ein Mord wird hiermit angekündigt. Er wird Freitag,

7

den 29. Oktober, um 6 Uhr 30 abends in Little Paddocks verübt. Freunde und Bekannte sind herzlichst eingeladen, daran teilzunehmen. Eine zweite Aufforderung erfolgt nicht›... Das ist doch irrsinnig! Edmund!»

«Was ist denn?»

Edmund blickte mißmutig von seiner Zeitung auf.

«Freitag, den 29. Oktober... das ist ja heute!»

«Zeig her!»

Ihr Sohn ergriff die Zeitung.

«Aber was soll das nur heißen?»

Mrs. Swettenham platzte fast vor Aufregung.

Edmund rieb sich nachdenklich die Nase.

«Wahrscheinlich eine Cocktail-Gesellschaft mit einer Mörder-Scharade oder dem ‹Mörderspiel›.»

«Meinst du?» fragte seine Mutter zweifelnd. «Aber eine merkwürdige Art der Einladung, einfach so eine Anzeige aufzugeben, und es gleicht Letitia Blacklock gar nicht; sie macht doch einen so vernünftigen Eindruck.»

«Sicher hat sich das der Bengel ausgedacht, ihr Neffe, der bei ihr wohnt.»

«Und die Einladung erfolgt erst heute. Meinst du, sie gilt auch für uns?»

«Es heißt doch: ‹Freunde und Bekannte sind herzlichst eingeladen, daran teilzunehmen›», erklärte Edmund.

«Also mir paßt diese Art Einladung gar nicht», meinte Mrs. Swettenham ärgerlich.

«Du mußt ja nicht hingehen, Mutter.»

«Natürlich nicht.»

Nachdenkliches Schweigen. Dann:

«Edmund, wie geht eigentlich das ‹Mörderspiel› vor sich?»

«So genau weiß ich das auch nicht... ich glaube, man zieht Lose aus einem Hut. Einer ist das Opfer, ein anderer der Detektiv, dann wird das Licht ausgelöscht, jemand tippt einem auf die Schulter, dann schreit man, legt sich auf die Erde und stellt sich tot.»

«Das hört sich ja sehr aufregend an.»

«Wahrscheinlich ist es ziemlich langweilig. Ich gehe jedenfalls nicht hin.»

«Unsinn, Edmund», erklärte Mrs. Swettenham energisch. «Ich gehe hin, und du kommst mit . . . dabei bleibt es!»

«Archie», sagte Mrs. Easterbrook zu ihrem Mann, «was sagst du dazu!»

Colonel Easterbrook hörte nicht zu, weil er sich gerade über einen Artikel in der *Times* ärgerte.

«Das Schlimme ist, daß die Leute keine Ahnung von Indien haben», erklärte er.

«Du hast recht, Archie, aber hör dir dies an: ‹Ein Mord wird hiermit angekündigt. Er wird Freitag, den 29. Oktober, um 6 Uhr 30 abends in Little Paddocks verübt. Freunde und Bekannte sind herzlichst eingeladen, daran teilzunehmen. Eine zweite Aufforderung erfolgt nicht›.»

Triumphierend hielt sie inne. Der Colonel blickte sie nachsichtig an, ohne großes Interesse zu zeigen.

«Das Mörderspiel», sagte er kurz.

«Oh!»

«Es kann ganz amüsant sein, wenn es richtig gemacht wird.» Er hatte sich etwas erwärmt. «Ja, das kann ein nettes Spiel sein, wenn der, der den Detektiv spielt, etwas von Kriminalistik versteht.»

«So wie du, Archie. Miss Blacklock hätte dich auffordern müssen, ihr bei den Vorbereitungen zu helfen.»

Der Colonel schnaubte.

«Ja, sie hat doch ihren jungen Neffen bei sich, der wird ihr das in den Kopf gesetzt haben. Aber komisch, so etwas in der Zeitung zu veröffentlichen.»

«Es ist im Inseratenteil. Man hätte es glatt übersehen können. Das soll doch eine Einladung sein, Archie?»

«Eine merkwürdige Art von Einladung. Ich gehe jedenfalls nicht hin.»

«Oh, Archie!» stieß Mrs. Easterbrook jammernd hervor.

«Die Einladung kommt zu spät; ich könnte ja etwas anderes vorhaben.»

«Aber du hast doch nichts anderes vor, Liebling.»

Schmeichelnd dämpfte sie nun die Stimme.

«Und ich finde, Archie, du müßtest wirklich hingehen, einfach um der armen Miss Blacklock zu helfen. Ich bin sicher, daß sie auf dich zählt, damit die Sache richtig gemacht wird.»

Sie legte den Kopf mit der blondgefärbten Lockenpracht zur Seite und riß ihre blauen Augen weit auf.

«Wenn du es so siehst, Laura . . .» Der Colonel zwirbelte wichtig seinen grauen Schnurrbart und blickte nachsichtig in das puppenhafte Gesicht seiner Frau – Mrs. Easterbrook war mindestens dreißig Jahre jünger als ihr Mann.

«Wenn du es so siehst, Laura», wiederholte er.

«Ich halte es wirklich für deine Pflicht, Archie», erklärte sie feierlich.

Auch im Hause Boulders bei den Damen Miss Martha Hinchliffe und Miss Amy Murgatroyd war die *Chipping Cleghorn Gazette* abgegeben worden.

«Martha . . . Martha!»

«Was ist los, Amy?»

«Wo bist du?»

«Im Hühnerstall.»

Vorsichtig trippelte Miss Murgatroyd, eine rundliche, freundliche alte Jungfer, durch das nasse hohe Gras zu ihrer Freundin, die die Hühner fütterte.

Amys graue Lockenfrisur war zerzaust, und sie war völlig außer Atem.

«In der *Gazette*», keuchte sie, «hör dir das an . . . Was kann das bedeuten? ‹Ein Mord wird angekündigt. Er wird Freitag, den 29. Oktober, um 6 Uhr 30 abends in Little Paddocks verübt. Freunde und Bekannte sind herzlichst eingeladen, daran teilzunehmen. Eine zweite Aufforderung erfolgt nicht› . . .»

«Quatsch!» erklärte Martha.

«Ja, aber was soll das heißen?»

«Auf jeden Fall etwas zu trinken», sagte Martha.

«Hältst du es für eine Einladung?»

«Das werden wir feststellen, wenn wir dort sind. Wahrscheinlich wird es schlechten Sherry geben.»

«Großer Gott!» rief Mrs. Harmond am Frühstückstisch ihrem Gatten, Reverend Julian Harmond, zu. «Bei Miss Blacklock gibt es einen Mord!»

«Einen Mord?» fragte ihr Mann, leicht überrascht. «Wann?»

«Heute nachmittag... um halb sieben. Oh, wie schade, Liebling, da mußt du gerade Konfirmandenunterricht geben. Das ist wirklich eine Schande, wo du doch Morde so gern hast.»

«Ich weiß überhaupt nicht, wovon du sprichst, Bunch.»

Mrs. Harmond, deren rundliche Formen und pausbäckiges Gesicht ihr schon frühzeitig den Spitznamen «Bunch» – Kügelchen – an Stelle ihres Taufnamens Diana eingebracht hatten, reichte ihrem Mann die *Gazette* über den Tisch.

«Da steht's, zwischen den Verkaufsanzeigen von Klavieren und gebrauchten Gebissen.»

«Eine höchst ungewöhnliche Anzeige!»

«Nicht wahr?» stieß sie vergnügt hervor. «Man kann sich aber gar nicht vorstellen, daß Miss Blacklock Interesse für einen Mord und für solche Spiele hat. Ich gehe jedenfalls hin und erzähle dir dann alles. Zu schade, daß du nicht dabei sein kannst, denn ich mag eigentlich keine Spiele, die im Dunkeln vor sich gehen; ich habe Angst, wenn mir plötzlich jemand die Hand auf die Schulter legt und mir zuflüstert: ‹Sie sind tot!› Ich weiß, ich würde mich so aufregen, daß ich vielleicht wirklich einen Herzschlag bekäme. Hältst du das für möglich?»

«Nein, Bunch, du wirst uralt – mit mir zusammen.»

«Wir werden am selben Tag sterben und im selben Grab begraben, das wäre herrlich!»

Bunch strahlte über ihr ganzes rundes Gesicht ob dieses schönen Zukunftsbildes.

«Du bist wohl sehr glücklich, Bunch?» fragte ihr Mann lächelnd.

«Wer an meiner Stelle wäre nicht glücklich?» erwiderte sie. «Mit dir und Suzanne und Edward, ihr habt mich alle lieb,

11

und es macht euch nichts aus, daß ich dumm bin... und
dazu scheint noch die herrliche Sonne!»

2

Auch in Little Paddocks war man beim Frühstück. Miss
Letitia Blacklock, eine Dame Anfang Sechzig, die Besitzerin
des Hauses, saß am Kopfende des Tisches; sie trug ein
schlichtes Tweedkostüm und ein dreireihiges breites Halsband aus großen unechten Perlen, das weder zu dem Kostüm
noch zu ihrer Erscheinung paßte. Sie las die *Daily Mail*,
während Julia Simmons gelangweilt im *Telegraph* blätterte
und Patrick Simmons das Kreuzworträtsel in der *Times* löste.
Miss Dora Bunner widmete ihre ganze Aufmerksamkeit dem
lokalen Wochenblatt.

Plötzlich ertönte aus Miss Bunners Mund ein glucksender
Laut wie von einem erschreckten Huhn.

«Letty... Letty, hast du das gesehen? Was soll das heißen?»

«Was ist denn, Dora?»

«Eine höchst merkwürdige Annonce. Aber da steht ganz
deutlich ‹Little Paddocks›... Was kann das nur heißen.»

«Wenn du es mir vielleicht zeigst, liebe Dora...», sagte
Miss Blacklock und streckte die Hand aus.

Gehorsam reichte Miss Bunner ihr die Zeitung und deutete
mit zitterndem Zeigefinger auf eine Anzeige.

«Sieh dir das an, Letty!»

Miss Blacklock blickte mich hochgezogenen Brauen auf das
Blatt. Dann warf sie einen kurzen, prüfenden Blick über den
Tisch und las schließlich die Anzeige laut vor: ««Ein Mord
wird angekündigt. Er wird Freitag, den 29. Oktober, um 6
Uhr 30 abends in Little Paddocks verübt. Freunde und
Bekannte sind herzlichst eingeladen, daran teilzunehmen.
Eine zweite Aufforderung erfolgt nicht›... Patrick, ist das
deine Idee?» fragte sie scharf. Ihre Blicke hefteten sich auf das

hübsche, unbekümmerte Gesicht des jungen Mannes am anderen Ende des Tisches.

Patricks Dementi erfolgte prompt: «Wirklich nicht, Tante Letty. Wie kommst du nur auf den Gedanken? Wieso soll ich etwas damit zu tun haben?»

«Weil es dir ähnlich sähe», entgegnete sie grimmig. «Du wärst zu einem solchen Scherz fähig.»

«Ein Scherz? Ich habe keine Ahnung davon.»

«Und du, Julia?»

Gelangweilt antwortete Julia: «Ich natürlich auch nicht!»

«Glaubst du, daß Mrs. Haymes ...», murmelte Miss Bunner und blickte auf einen leeren Platz, an dem schon jemand gesessen und gefrühstückt hatte.

«Ich kann mir nicht vorstellen, daß unsere Phillipa versuchen sollte, komisch zu sein», meinte Patrick. «Sie ist doch so ernst.»

«Aber was soll es bedeuten?» fragte Julia gähnend.

«Ich vermute, es soll ein Witz sein», sagte Miss Blacklock.

«Aber wieso?» fragte Dora. «Wo ist da ein Witz? Ich finde es höchst geschmacklos!» Ihre schlaffen Wangen zitterten vor Empörung, ihre kurzsichtigen Augen funkelten.

Miss Blacklock lächelte ihr zu.

«Reg dich nicht auf, Dora», sagte sie beschwichtigend. «Irgend jemand scheint es für einen Witz zu halten, aber ich möchte wissen, wer?»

«Es heißt ‹Freitag›, also heute», erklärte Miss Bunner. «Heute um halb sieben. Was, glaubst du, wird passieren?»

«Tod!» rief Patrick mit Grabesstimme. «Köstlicher Tod!»

«Halt den Mund, Patrick!» fuhr Miss Blacklock ihn an, da Miss Bunner einen leisen Schrei ausgestoßen hatte.

«Ich meine ja nur Mizzis berühmte Torte», entgegnete er entschuldigend. «Wir nennen sie doch ‹Köstlicher Tod›.»

Miss Blacklock lächelte zerstreut.

«Aber, Letty, was glaubst du wirklich?» jammerte Miss Bunner.

Ihre Freundin schnitt ihr das Wort ab.

«Ich glaube bestimmt, daß um halb sieben etwas passieren

13

wird; wir werden das halbe Dorf hier haben, und jedermann wird vor Neugierde platzen. Wir müssen für genügend Sherry sorgen.»

«Du bist beunruhigt, Letty?»

Miss Blacklock, die an ihrem Schreibtisch saß und zerstreut Fischchen auf ein Löschpapier malte, zuckte zusammen und blickte in das ängstliche Gesicht ihrer alten Freundin. Sie wußte nicht, was sie antworten sollte, denn Dora durfte sich nicht aufregen. Nachdenklich schwieg sie einen Augenblick.

Sie und Dora hatten gemeinsam die Schule besucht; dann hatten die beiden Freundinnen lange nichts mehr voneinander gehört, bis Miss Blacklock vor einem halben Jahr einen rührenden, konfusen Brief erhielt: Dora war krank, sie wohnte in einem möblierten Zimmer und wollte, da sie von ihrer Altersrente nicht leben konnte, Näharbeiten übernehmen; aber ihre Finger waren steif von Rheumatismus. Sie erinnerte an die gemeinsam verbrachte Schulzeit und fragte, ob es ihrer alten Freundin möglich sei, ihr zu helfen.

Miss Blacklock hatte impulsiv reagiert. Die arme Dora, die arme, hübsche, dumme, konfuse Dora! Sie war zu ihr gefahren und hatte sie nach Little Paddocks mitgenommen, unter dem freundlichen Vorwand: «Ich brauche Hilfe für den Haushalt, die Arbeit wächst mir über den Kopf.» Es würde nicht mehr lange dauern, hatte ihr der Arzt gesagt, aber zuweilen ging ihr die arme Dora doch sehr auf die Nerven. Dora brachte alles in Unordnung, regte die temperamentvolle ausländische Köchin auf, irrte sich beim Wäschezählen, verlegte Rechnungen und Briefe und erbitterte die tüchtige Freundin häufig aufs höchste.

«Beunruhigt? Nein, das könnte ich nicht sagen», antwortete sie. «Du meinst wegen dieser lächerlichen Anzeige in der *Gazette*?»

«Auch wenn es sich nur um einen Scherz handelt, so ist es doch ein abscheulicher Scherz.»

«Das stimmt, Dora», entgegnete Miss Blacklock, «ein abscheulicher Scherz.»

«Es gefällt mir gar nicht», erklärte Dora mit ungewohnter Energie. «Ich fürchte mich.»

Plötzlich fügte sie hinzu: «Und du fürchtest dich auch, Letitia.»

«Unsinn!»

Sie hielt inne, denn ein junges Mädchen in einem grellfarbenen Dirndlkleid kam ins Zimmer gestürmt. Das Mädchen trug sein schwarzes Haar in schweren Flechten um den Kopf geschlungen, die dunklen Augen blitzten.

«Kann ich sprechen zu Ihnen . . . ja, bitte?» fragte es heftig.

«Natürlich, Mizzi, was haben Sie denn auf dem Herzen?» antwortete Miss Blacklock.

Zuweilen dachte sie, es wäre besser, die ganze Hausarbeit und auch das Kochen allein zu tun, als fortwährend von den Ausbrüchen ihrer Haushaltshilfe belästigt zu werden.

«Ich kann nicht bleiben! Ich kündige! Ich geh weg, sofort!»

«Aber warum denn? Hat Sie jemand aufgeregt?»

«Jawohl, ich bin aufgeregt», erklärte Mizzi leidenschaftlich. «Ich will nicht sterben! In Europa bin ich Tod entflohen. Aber ich, ich davongelaufen, ich gekommen nach England, ich arbeiten, ich tu Arbeit, die nie – nie ich in meinem eigenen Land tun würde . . . Ich . . .»

«Ich weiß das alles», entgegnete Miss Blacklock müde abwehrend – diese Rede kannte sie auswendig. «Aber warum wollen Sie gerade jetzt fortgehen?»

«Weil wieder sie kommen, mich morden!»

«Ach, Sie meinen die *Gazette*?»

«Jawohl, hier steht geschrieben!»

Mizzi hielt Miss Blacklock die Zeitung unter die Nase.

«Sehen Sie . . . hier steht: Ein Mord! In Little Paddocks! Das sein doch hier! Heute abend um halb sieben. Ah! Ich nicht warten, bis ich gemordet bin . . . ooh nein!»

«Aber warum soll sich das auf Sie beziehen? Wir halten es für einen Witz.»

«Ein Witz? Das ist kein Witz, jemand morden!»

«Natürlich nicht. Wenn jemand Sie ermorden wollte, würde er das doch nicht vorher in der Zeitung ankündigen.»

«Sie das nicht glauben?» Mizzi wurde unsicher. «Sie glauben, vielleicht, die wollen niemand ermorden? Aber vielleicht wollen die Sie morden, Miss Blacklock.»

«Ich bin sicher, daß niemand mich ermorden will», entgegnete Miss Blacklock, «und ich bin auch fest davon überzeugt, Mizzi, daß niemand Sie ermorden will. Aber wenn Sie ohne vorherige Kündigung tatsächlich auf der Stelle fortgehen wollen, kann ich Sie nicht halten; es wäre allerdings dumm von Ihnen.»

Da Mizzi unschlüssig dreinblickte, fügte sie energisch hinzu: «Wir müssen das Rindfleisch, das uns der Metzger geliefert hat, lange kochen; es scheint sehr zäh zu sein.»

«Ich werd Ihnen machen ein Gulasch, ein wunderbares Gulasch!»

«Und machen Sie aus dem harten Käse einige kleine Käsekuchen, ich glaube, daß wir heute abend Besuch erhalten.»

«Heute abend?»

«Um halb sieben.»

«Aber das steht ja in der Zeitung! Wer soll kommen denn? Warum sollen die kommen...?»

«Zum Begräbnis», antwortete Miss Blacklock ironisch zwinkernd. «Aber jetzt Schluß, Mizzi, ich habe zu tun. Machen Sie die Tür hinter sich zu!»

3

«So, nun wäre alles bereit!» erklärte Miss Blacklock und blickte sich noch einmal prüfend im Wohnzimmer um. Es war ein großer Raum; das ursprünglich lange, schmale Zimmer war durch Entfernung der Doppeltüren, die in ein kleineres Zimmer mit einem Erker führten, erweitert worden; daher gab es auch zwei Kamine. Zwei Bronzeschalen waren mit Chrysanthemen gefüllt, auf einem kleinen Tisch an der Wand stand eine Vase mit Veilchen sowie eine silberne

Zigarettendose und auf dem großen Mitteltisch ein Tablett mit Gläsern. Obwohl in beiden Kaminen kein Feuer brannte, war es angenehm warm.

«Ah, du hast die Zentralheizung angeworfen», stellte Patrick fest.

Miss Blacklock nickte.

«Es ist so neblig und ungemütlich, das ganze Haus ist feucht.»

Die Tür öffnete sich, und Phillipa Haymes, eine große, blonde junge Frau trat ein. Überrascht sah sie sich im Zimmer um.

«Guten Abend!» rief sie. «Gebt ihr eine Gesellschaft? Niemand hat mir etwas gesagt.»

«Ach, unsere Phillipa weiß ja von nichts», sagte Patrick. «Sie ist wohl das einzige weibliche Wesen in Chipping Cleghorn, das noch nichts davon weiß.»

Phillipa sah ihn fragend an.

«Dieses Zimmer wird der Schauplatz eines Mordes sein!» erklärte Patrick mit weit ausholender Handbewegung.

Phillipa sah ihn verständnislos an.

«Das da», Patrick deutete auf die zwei großen Schalen mit Chrysanthemen, «sind die Kränze.»

Nun wandte sich Phillipa an Miss Blacklock.

«Soll das ein Witz sein? In der Beziehung bin ich schwer von Begriff.»

«Es ist ein abscheulicher Witz!» erklärte Dora energisch.

«Zeig ihr die Annonce», sagte Miss Blacklock. «Ich muß jetzt gehen und die Enten einschließen, es wird schon dunkel.»

«Laß mich das tun, liebe Letty!» rief Miss Bunner. «Ich mache das sehr gern. Ich schlüpfe einfach in meine Galoschen... aber wo habe ich nur meinen Regenmantel?»

Inzwischen verließ Miss Blacklock lächelnd das Zimmer.

«Es hat ja keinen Zweck, Bunny», sagte Patrick. «Tante Letty ist so tüchtig, daß ihr niemand etwas recht machen kann, daher tut sie lieber alles gleich selber.»

«Sagt mir jetzt endlich, was los ist?» rief Phillipa klagend.

17

Nun versuchten alle auf einmal, es ihr zu erklären – die *Gazette* war nicht zu finden, da Mizzi sie in die Küche mitgenommen hatte.

Nach einer kleinen Weile kehrte Miss Blacklock zurück.

«So, das wäre erledigt», erklärte sie zufrieden und schaute auf die Uhr auf dem Kaminsims. «Zwanzig nach sechs. Bald werden sich die Besucher einstellen, oder ich müßte meine lieben Nachbarn nicht kennen.»

«Ich begreife noch immer nicht, warum irgend jemand kommen sollte», sagte Phillipa.

«Du wirst es bald sehen. Die meisten Leute sind eben neugieriger als du», erwiderte Miss Blacklock und blickte sich noch einmal prüfend im Zimmer um. Mizzi hatte eine Flasche Sherry und drei Platten mit Oliven, Käsekuchen und Gebäck auf den großen Tisch gestellt.

«Patrick, stell doch bitte das Tablett oder besser den ganzen Tisch in den Erker. Schließlich habe ich ja niemanden eingeladen, und ich möchte es nicht zu offen zeigen, daß ich Leute erwarte.»

Dann nahm sie die Sherryflasche in die Hand und betrachtete sie.

«Die ist noch halb voll», erklärte Patrick. «Das sollte genügen.»

«Eigentlich ja . . .» Sie zögerte und sagte dann leicht errötend: «Patrick . . . im Schrank in der Speisekammer steht noch eine volle Flasche . . . hol sie bitte, und bring einen Korkenzieher mit. Die hier steht schon so lange angebrochen da.»

Patrick kam bald mit der neuen Flasche zurück und öffnete sie. Neugierig blickte er dabei Miss Blacklock an.

«Du nimmst die Sache ziemlich ernst?» fragte er freundlich.

«Oh!» rief Dora entsetzt. «Letty, du glaubst doch nicht . . .»

«Still!» unterbrach Miss Blacklock sie. «Es hat geläutet.»

Mizzi öffnete die Tür des Wohnzimmers und ließ Colonel Easterbrook und seine Frau eintreten. Sie hatte ihre eigene Art, Besucher anzumelden.

«Hier Colonel Easterbrook und Frau, die wollen Ihnen besuchen», verkündete sie.

«Entschuldigen Sie bitte, daß wir Ihnen so ins Haus fallen», erklärte der Colonel – Julia unterdrückte mühsam ein Kichern. «Wir sind zufällig hier vorbeigekommen. Es ist ein so milder Abend. Ah, Sie haben die Zentralheizung schon in Betrieb, wir warten noch damit.»

«Gott, was für entzückende Chrysanthemen!» flötete Mrs. Easterbrook. «Wie bezaubernd!»

Mizzi öffnete wieder die Tür und trompetete:

«Hier die Damen von Boulders.»

«Guten Abend!» rief Miss Hinchliffe und schüttelte Miss Blacklock kräftig die Hand. «Ich habe vorhin zu Amy gesagt: ‹Wir gehen auf 'nen Sprung zu Miss Blacklock!› Ich wollte gern wissen, ob Ihre Enten gut legen.»

«Es wird jetzt schon so früh dunkel», sagte Miss Murgatroyd zu Patrick. «Oh, was für entzückende Chrysanthemen!»

«Ah, Sie heizen schon?» stellte Miss Hinchliffe fest und fügte vorwurfsvoll hinzu: «Sehr früh.»

«Das Haus ist so feucht», meinte Miss Blacklock entschuldigend.

Wieder öffnete sich die Tür, und Mrs. Swettenham segelte herein, gefolgt von ihrem mißvergnügt dreinblickenden Sohn.

«Da sind wir!» verkündete sie fröhlich und blickte sich neugierig im Zimmer um.

Dann wurde ihr auf einmal unbehaglich zumute, und sie sagte: «Ich bin nur vorbeigekommen, um Sie zu fragen, ob Sie vielleicht ein junges Kätzchen haben wollen, Miss Blacklock? Die Mutter ist eine ausgezeichnete Mäusefängerin.»

Schließlich rief sie: «Was für hübsche Chrysanthemen!»

«Ah, Sie heizen schon?» bemerkte Edmund erstaunt.

«Wie eine Grammophonplatte», murmelte Julia.

«Die Nachrichten gefallen mir gar nicht», sagte der Colonel zu Patrick, ihn am Knopfloch haltend. «Ich kann Ihnen nur sagen, diese Russen...»

«Ich interessiere mich nicht für Politik», erwiderte Patrick abweisend.

Wieder öffnete sich die Tür, und Mrs. Harmond kam herein. Ihren vom Wetter etwas mitgenommenen Hut hatte sie, in einem Versuch, mit der Mode zu gehen, nach hinten geschoben, und an Stelle ihres üblichen Pullovers trug sie eine zerknitterte Spitzenbluse.

«Guten Abend, Miss Blacklock!» rief sie, über das ganze Gesicht strahlend. «Ich bin doch nicht zu spät?»

Alle schnappten nach Luft. Julia kicherte vergnügt, Patrick verzog grinsend das Gesicht, und Miss Blacklock begrüßte freundlich lächelnd den neuen Gast.

«Julian ist außer sich, daß er nicht kommen kann», erklärte die Pfarrersgattin. «Er liebt doch Mordfälle. Drum war letzten Sonntag auch seine Predigt so gut – eigentlich sollte ich das ja von meinem eigenen Mann nicht sagen –, aber die Predigt war wirklich gut, viel besser als sonst, fanden Sie nicht auch? Und das kam daher, weil der das Buch ‹Der todbringende Hut› gelesen hatte. Kennen Sie es? Es ist fabelhaft. Man glaubt die ganze Zeit, Bescheid zu wissen, und dann kommt alles ganz anders, und es gibt so viele reizende Morde, vier oder fünf. Also ich hatte das Buch im Studierzimmer liegenlassen, als sich Julian dort einschloß, um seine Predigt vorzubereiten. Und da fing er an, darin zu lesen, und dann konnte er einfach nicht mehr aufhören! Daher mußte er die Predigt in rasender Eile aufsetzen und das, was er sagen wollte, einfach ausdrücken – ohne seine üblichen gelehrten Zitate und Hinweise –, und natürlich ist sie auf diese Weise viel besser geworden. Mein Gott, ich rede viel zuviel. Aber sagen Sie mir, wann findet der Mord statt?»

Miss Blacklock blickte auf die Uhr auf dem Kaminsims.

«Wenn er stattfindet, dann sofort», antwortete sie lächelnd. «Es ist eine Minute vor halb. Aber nehmen Sie doch vorher ein Glas Sherry.»

Patrick ging bereitwillig durch den Türbogen zum Erker, während Miss Blacklock zu dem kleinen Tisch trat, auf dem die Zigarettendose stand.

«Ja, bitte ein Gläschen Sherry!» sagte Mrs. Harmond. «Aber was meinen Sie mit ‹wenn›?»

«Ich weiß davon genausowenig wie Sie!» entgegnete Miss Blacklock. «Ich weiß nur, was ...»

Sie unterbrach sich und wandte den Kopf, da die Uhr mit feinem silbernem Ton zu schlagen begann.

Alle verstummten, niemand rührte sich, jeder starrte wie hypnotisiert auf die Uhr.

Als der letzte Ton verklang, erlosch das Licht. In der Finsternis ertönten begeisterte Ausrufe.

«Es fängt an!» rief Mrs. Harmond in Ekstase.

Dora Bunner jammerte laut: «Oh, ich mag das nicht!»

Andere riefen: «Gott, wie ist das aufregend!» ... «Ich hab schon Gänsehaut!»

... «Archie, wo bist du?» ... «Was muß ich eigentlich tun?»

... «Verzeihung, bin ich Ihnen auf den Fuß getreten?»

Die Tür zur Halle wurde mit einem Ruck aufgerissen. Eine starke Blendlaterne leuchtete im Kreis umher, und eine heisere Männerstimme, die an vergnügliche Kinovorführungen erinnerte, schnauzte:

«Hände hoch! ... Hände hoch, sage ich!»

Begeistert wurden die Hände hochgestreckt.

«Ist das nicht wunderbar?» keuchte eine weibliche Stimme. «Ich bin ja so aufgeregt!»

Und dann, überraschend, donnerten zwei Revolverschüsse ... zwei Kugeln pfiffen. Auf einmal war das Spiel kein Spiel mehr. Jemand schrie ...

Die Gestalt im Türrahmen drehte sich plötzlich um, schien zu zögern, ein dritter Schuß ertönte, die Gestalt schwankte, stürzte zu Boden, die Blendlaterne fiel hin und erlosch. Wieder herrschte Finsternis ... mit einem leisen, klagenden Laut ging die Tür langsam zu.

Nun schien die Hölle los zu sein, und alle riefen wirr durcheinander:

«Licht!» ... «Wo ist der Schalter?» ... «Wer hat ein Feuerzeug?» ... «Oh, ich mag das nicht!» ... «Aber die Schüsse

waren ja echt!» . . . «Er hatte einen richtigen Revolver!» . . .
«War es ein Einbrecher?» . . . «Oh, Archie, ich möchte heim!»

Fast gleichzeitig flammten nun zwei Feuerzeuge auf. Blinzelnd schauten alle einander an, verblüffte Gesichter starrten in verblüffte Gesichter. An der Wand im Türbogen stand Miss Blacklock; sie hielt die Hand am Gesicht. In dem trüben Licht war zu sehen, daß etwas Dunkles über ihre Finger rann.

Colonel Easterbrook räusperte sich und befahl:

«Probieren Sie den Schalter, Swettenham!»

Edmund drehte gehorsam am Schalter.

«Es muß ein Kurzschluß sein!» rief der Colonel.

Von jenseits der Tür ertönte unaufhörlich eine schrille weibliche Stimme. Die Schreie wurden immer lauter, und dazu hörte man wütendes Hämmern gegen eine Tür.

Dora Bunner, die still vor sich hin schluchzte, rief nun:

«Das ist Mizzi. Jemand ermordet Mizzi . . .»

«Soviel Glück haben wir nicht», brummte Patrick.

«Wir brauchen Kerzen! Patrick, hol Kerzen . . .», sagte Miss Blacklock.

Der Colonel hatte bereits die Tür geöffnet, er und Edmund traten, jeder ein flackerndes Feuerzeug in der Hand, in die Halle, wo sie über eine ausgestreckt liegende Gestalt stolperten.

«Der scheint getroffen zu sein», Colonel. «Aber wo vollführt eigentlich dieses Frauenzimmer den Höllenlärm?»

«Im Eßzimmer», antwortete Edmund.

Das Eßzimmer lag auf der anderen Seite der Halle. Noch immer hämmerte Mizzi heulend gegen die Tür.

«Sie ist eingeschlossen», erklärte Edmund und drehte den Schlüssel um. Die Tür wurde aufgerissen, und wie ein wütender Tiger stürzte Mizzi in die Halle.

Im Eßzimmer brannte das Licht, und in dessen Schein bot Mizzi, die noch immer schrie, ein groteskes Bild: In der einen Hand hielt sie einen Lederlappen – sie war gerade beim Silberputzen gewesen – und in der anderen ein großes Tranchiermesser.

«Hören Sie doch auf, Mizzi!» rief Miss Blacklock.

«Halten Sie den Mund!« herrschte Edmund sie an, und da Mizzi dieser Aufforderung keineswegs Folge leistete, beugte er sich vor und schlug ihr ins Gesicht.

Mizzi keuchte, ihr Schreien ging in Schluchzen über, bis sie schließlich ganz verstummte.

«Holen Sie Kerzen!» befahl ihr Miss Blacklock. «Aus dem Küchenschrank. Patrick, weißt du, wo die Sicherungen sind?»

«Im Gang hinter der Küche. Ich schaue gleich nach.»

Als Miss Blacklock in den Lichtschein des Eßzimmers trat, gab Dora Bunner ein lautes Stöhnen von sich und Mizzi stieß wieder einen spitzen Schrei aus.

«Blut!» keuchte sie. «Blut. Sie sind geschossen... Miss Blacklock, Sie zu Tod bluten!»

«Seien Sie doch nicht albern!» entgegnete Miss Blacklock kühl. «Ich bin kaum getroffen, die Kugel hat nur mein Ohr gestreift.»

«Aber, Tante Letty, du blutest ja wirklich!» rief nun auch Julia.

Wirklich boten Miss Blacklocks weiße Bluse, das Perlenhalsband und ihre Hand einen schauerlichen Anblick.

«Meine Ohren bluten leicht», erklärte sie. «Ich erinnere mich noch, daß ich einmal als Kind beim Coiffeur in Ohnmacht fiel. Der Mann hatte mit der Schere mein Ohr nur geritzt, sofort schoß Blut hervor. Aber wir brauchen Licht!»

«Ich hole die Kerzen!» rief Mizzi.

Julia ging mit ihr, und bald kehrten sie mit einigen auf Untertassen festgeklebten Kerzen zurück.

«So, nun wollen wir uns den Übeltäter mal näher ansehen», sagte der Colonel. «Leuchten Sie, Swettenham!»

Der ausgestreckt daliegende Mann war in einen schwarzen Umhang und eine Kapuze gehüllt und trug schwarze Stoffhandschuhe, eine schwarze Maske bedeckte sein Gesicht; unter der verrutschten Kapuze wurde zerzaustes blondes Haar sichtbar. Der Colonel kniete nieder, fühlte den Puls und das Herz... dann zog er mit einem Ausruf des Ekels die Hand zurück, sie war voll Blut.

23

«Er hat sich erschossen», erklärte er.

«Ist er schwer verletzt?»» fragte Miss Blacklock.

«Hm. Ich fürchte, er ist tot... entweder hat er Selbstmord begangen, oder er ist über seinen Umhang gestolpert, und der Revolver ist beim Sturz losgegangen. Wenn ich nur besser sehen könnte...»

Wie durch ein Wunder ging in diesem Augenblick das Licht wieder an.

Angesichts des tot daliegenden Mannes hatten die Anwesenden ein Gefühl von Unwirklichkeit. Die Hand des Colonel war blutbefleckt, und Blut rieselte noch immer über Miss Blacklocks Hals und auf ihre Bluse.

Der Colonel zog der Leiche die Maske vom Gesicht.

«Wir wollen mal sehen, wer es ist», sagte er. «Wahrscheinlich wird ihn aber niemand von uns kennen.»

«Das ist ja ein ganz junger Mensch», verkündete Mrs. Harmond mit bedauerndem Unterton.

Plötzlich rief Dora Bunner aufgeregt:

«Letty! Letty, das ist ja der junge Mann aus dem Spa Hotel in Medenham Wells. Er kam neulich zu dir und wollte von dir das Reisegeld nach der Schweiz haben, und du hast es ihm nicht gegeben... Mein Gott, er hätte dich leicht umbringen können...»

Miss Blacklock, völlig Herrin der Situation, sagte schneidend:

«Phillipa, führe Bunny ins Eßzimmer und gib ihr ein halbes Glas Kognak! Julia, hol mir rasch aus dem Badezimmer Heftpflaster... es ist so unangenehm, wie ein Schwein zu bluten. Patrick, ruf bitte sofort die Polizei an!»

4

George Rydesdale, der Polizeichef der Grafschaft Middleshire, war ein ruhiger, mittelgroßer Mann; unter buschigen Brauen blitzten kluge Augen. Er hatte die Gewohnheit, mehr zuzuhören, als zu reden, und wenn er sprach, erteilte er mit gleichmütiger Stimme kurze Befehle, die aufs peinlichste befolgt wurden.

Er ließ sich von Inspektor Dermot Craddock, dem die Untersuchung des Falles übertragen worden war, Bericht erstatten.

«Constable Legg nahm die erste Meldung entgegen, Sir», berichtete Craddock. «Er scheint sich richtig verhalten zu haben und hat Geistesgegenwart bewiesen. Der Fall ist nicht einfach.»

«Ist der Tote identifiziert worden?»

«Jawohl, Sir. Rudi Schwarz, Schweizer, arbeitete im Royal Spa Hotel in Medenham Wells im Empfangsbüro. Wenn es Ihnen recht ist, gehe ich zunächst ins Spa Hotel und dann nach Chipping Cleghorn. Sergeant Fletcher ist schon dort. Er befragt die Buschauffeure, dann geht er zu dem Haus.»

Rydesdale nickte zustimmend und wandte sich zur Tür, die gerade geöffnet wurde.

Sir Henry Clithering, ehemaliger Kommissar von Scotland Yard, ein distinguiert aussehender, großer, älterer Herr, trat näher und hob die Brauen.

«Das Allerneueste ist», erklärte Rydesdale, «einen Mord in der Zeitung anzukündigen. Zeigen Sie, bitte, Sir Henry die Annonce, Craddock!»

Sir Henry las die Anzeige.

«Hm, das ist wirklich höchst merkwürdig», murmelte er.

«Weiß man, wer die Annonce aufgegeben hat?« fragte Rydesdale.

«Anscheinend Rudi Schwarz selbst.»

«Aber wozu wohl?» fragte Sir Henry.

«Um eine Anzahl neugieriger Dorfbewohner zu einer bestimmten Zeit in einem bestimmten Haus zu versammeln», antwortete Rydesdale, «sie dann zu überfallen und ihnen ihr Bargeld und die Wertsachen abzunehmen. Als Idee ist das gar nicht so dumm.»

«Was für ein Nest ist dieses Chipping Cleghorn?» fragte Sir Henry.

«Ein großes, malerisches Dorf; unter anderem gibt es dort einen guten Antiquitätenladen und zwei Tea-Rooms. Es ist ein beliebter Ausflugsort, wo viele Offiziere und Beamte im Ruhestand leben.»

«Ah, ich verstehe», sagte Sir Henry, «nette alte Jungfern und pensionierte Colonels. Natürlich kamen alle, nachdem sie die Annonce gelesen hatten, um halb sieben dorthin, um zu sehen, was los sei. Mein Gott, wie schade, daß ich nicht meine alte Jungfer hier habe.»

«Ihre alte Jungfer, Henry? Eine Tante?»

«Nein, keine Verwandte von mir...»

Er machte eine kleine Pause und erklärte dann fast ehrfürchtig:

«Sie ist der beste Detektiv, den es je gegeben hat. Ein geborenes Talent!»

Dann wandte er sich an Craddock.

«Unterschätzen Sie die alten Jungfern in Ihrem Dorf nicht, mein Lieber. Falls sich diese Geschichte als kompliziert herausstellen sollte, was ich freilich nicht glaube, so denken Sie daran, daß eine alte Jungfer, die strickt und ihren Garten betreut, jedem Sergeant weit überlegen ist.»

«Ich werde es mir merken, Sir», erwiderte Craddock.

Rydesdale gab Sir Henry einen kurzen Überblick über die Geschehnisse.

«Daß alle um halb sieben hinkommen würden, können wir uns denken», erklärte er. «Aber konnte dieser Schweizer das auch wissen? Und konnte er annehmen, die Anwesenden hätten so viel Geld und Wertsachen bei sich, daß ein Raub überhaupt lohnte?»

«Höchstens ein paar altmodische Broschen, Japanperlen, etwas Kleingeld, vielleicht ein, zwei Banknoten... kaum mehr», meinte Sir Henry nachdenklich. «Hatte diese Miss Blacklock viel Geld im Haus?»

«Sie sagt, nein, Sir, etwa fünf Pfund.»

«Sie meinen», murmelte Sir Henry, «daß dieser Bursche eine Komödie aufführen wollte, daß er nicht auf Raub aus war, sondern sich einfach einen Spaß machen wollte, eine

Art Gangsterfilm? Das wäre möglich. Aber wieso hat er sich dann selbst erschossen?»

Rydesdale reichte ihm einen Bericht.

«Das ist der ärztliche Befund. Der Schuß wurde aus nächster Nähe abgegeben... die Kleider waren versengt... Hm... daraus läßt sich nicht ersehen, ob es sich um einen Unfall oder um Selbstmord handelt. Er kann gestolpert und gestürzt sein, und dabei ist der Revolver, den er dicht an sich hielt, losgegangen... Wahrscheinlich war es so.»

Er blickte Craddock an.

«Sie müssen die Zeugen gründlich befragen und sie dazu bringen, genau auszusagen, was sie gesehen haben.»

Betrübt erwiderte Craddock:

«Jeder hat etwas anderes gesehen!»

«Ja, das ist bei solchen Gelegenheiten leider meist der Fall», meinte Sir Henry. «Und woher stammt der Revolver?»

«Ein ausländisches Fabrikat, das auf dem Kontinent viel gebraucht wird. Schwarz besitzt keinen Waffenschein und hat bei seiner Einreise in England die Waffe nicht deklariert...»

Im Royal Spa Hotel wurde Inspektor Craddock sofort ins Büro des Direktors geführt. Mr. Rowlandson, ein großer, freundlicher Herr, begrüßte Craddock aufs herzlichste.

«Ich stehe Ihnen in jeder Hinsicht zur Verfügung, Herr Inspektor», sagte er. «Es ist wirklich eine merkwürdige Sache. Ich hätte das nie von diesem Schwarz erwartet. Er war ein netter junger Mann, ganz durchschnittlich, und machte gar nicht den Eindruck eines Gangsters.»

«Seit wann war er bei Ihnen, Mr. Rowlandson?»

«Seit etwa drei Monaten. Er hatte gute Zeugnisse, die übliche Arbeitserlaubnis und so weiter.»

«Sie waren zufrieden mit ihm?»

Craddock bemerkte, daß Rowlandson einen Augenblick zögerte, ehe er antwortete:

«Ganz zufrieden.»

Nun benutzte Craddock eine Taktik, die er schon oft mit Erfolg angewandt hatte.

«Nein, nein, Mr. Rowlandson», sagte er kopfschüttelnd, «das stimmt doch nicht ganz?»

«Also...» Der Direktor schien leicht verlegen zu sein.

«Sagen Sie es schon. Irgend etwas war doch los... Was denn?»

«Das ist es ja gerade, ich weiß nicht, was.»

«Aber Sie dachten, daß irgend etwas nicht stimmte?»

«Ja... das schon.. aber ich kann wirklich nichts Konkretes sagen. Ich möchte nicht, daß meine Aussage zu Protokoll genommen wird.»

Craddock lächelte freundlich.

«Ich verstehe; machen Sie sich keine Sorgen.»

Widerstrebend erklärte Rowlandson nun:

«Also ein paarmal stimmten die Abrechnungen nicht. Es waren da einige Posten belastet worden, die nicht in Ordnung waren.»

«Sie hatten ihn im Verdacht, daß er gewisse Posten zu Unrecht belaste und daß er die Differenz einsteckte, wenn die Rechnung bezahlt war?»

«So etwas Ähnliches. Zu seinen Gunsten könnte man annehmen, daß es grobe Fahrlässigkeit war. Ein paarmal handelte es sich um recht erhebliche Beträge. Ich ließ daher seine Bücher durch unsern Revisor kontrollieren. Er fand auch mehrere Unregelmäßigkeiten, aber die Kasse stimmte genau. Ich nahm also an, daß es sich um Irrtümer handeln müßte.»

«Nehmen wir an, Schwarz hätte sich zuweilen nebenbei etwas Geld verschafft und damit die Kasse wieder in Ordnung gebracht.»

«Ja, wenn er das Geld dazu verwendet hätte. Aber Menschen, die sich ‹etwas Geld verschaffen›, wie Sie es nennen, geben es meist leichtsinnig wieder aus.»

«Wenn er also die fehlenden Beträge ersetzen wollte, mußte er sich das Geld durch Einbruch oder Überfall beschaffen.»

«Ja, und ich frage mich, ob das sein erster Versuch war...»

«Möglich; jedenfalls hat er es höchst ungeschickt angestellt. Woher hätte er sich sonst Geld beschaffen können? Hatte er Beziehungen zu Frauen?»

«Er war mit einer der Kellnerinnen vom Restaurant befreundet, mit einer gewissen Myrna Harris.»

«Ich möchte mit ihr sprechen.»

Myrna Harris war ein hübsches Mädchen mit roten Locken und einem kecken Stupsnäschen. Sie war aufgeregt und beunruhigt und hielt es offensichtlich für entwürdigend, von der Polizei vernommen zu werden.

«Ich weiß von nichts, Sir», erklärte sie. «Wenn ich eine Ahnung gehabt hätte, was für ein Mensch Rudi war, wäre ich nie mit ihm ausgegangen. Aber ich glaubte, er sei anständig; man weiß doch nie, woran man mit einem Menschen ist. Er wird wohl zu einer der Verbrecherbanden gehört haben, von denen man soviel liest?»

«Wir glauben, daß er allein arbeitete», erwiderte Craddock. «Sie kannten ihn doch ziemlich gut?»

«Was meinen Sie mit ‹gut›?»

«Sie waren mit ihm befreundet?»

«Ja, wir standen uns freundschaftlich nahe. Es gab nichts Ernstes zwischen uns. Ich bin immer vorsichtig mit Ausländern. Daß sie schon verheiratet sind, kommt meist erst heraus, wenn es zu spät ist. Rudi spuckte dauernd große Töne. Ich war mißtrauisch.»

Hier hakte Craddock ein:

«Große Töne! Das ist interessant, Miss Harris. Sie werden uns sehr behilflich sein. Was hat er denn erzählt?»

«Vom Reichtum seiner Eltern in der Schweiz, was für tolle Leute das seien. Dazu paßte aber gar nicht, daß er immer knapp bei Kasse war. Er behauptete, das käme durch die Devisenbestimmungen, er könnte kein Geld aus der Schweiz kriegen. Das wäre ja möglich, aber er war auch recht bescheiden gekleidet, er trug keine Maßanzüge, und dann die Geschichte, die er erzählte... Er sei ein großer Bergsteiger gewesen, hätte Leute aus Gletschern gerettet... dabei wurde ihm schon schwindlig, als wir nur am Rand der Boulters-Schlucht entlangspazierten!»

29

«Sind Sie oft mit ihm ausgegangen?»

«Ja... also... ja. Er hatte sehr gute Manieren, und er wußte, wie man sich einer Dame gegenüber benimmt. Immer die besten Plätze im Kino, und manchmal hat er mir sogar Blumen geschenkt, und er war ein wunderbarer Tänzer... himmlisch!»

«Hat er Ihnen gegenüber je von Miss Blacklock gesprochen?»

«Ach, die Dame, die hier ab und zu zu Mittag ißt? Und einmal hat sie auch hier gewohnt. Nein, ich kann mich nicht erinnern, daß Rudi je von ihr gesprochen hat. Ich wußte gar nicht, daß er sie kennt.»

«Hat er je Chipping Cleghorn erwähnt?»

Craddock glaubte einen ängstlichen Ausdruck in Myrnas Augen festzustellen, aber er war seiner Sache nicht sicher.

«Nicht daß ich wüßte... Einmal hat er mich nach dem Autobusfahrplan gefragt, aber ich kann mich nicht erinnern, ob er nach Chipping Cleghorn fahren wollte oder sonst wohin. Es ist schon längere Zeit her.»

Mehr konnte Craddock nicht aus ihr herauskriegen. Rudi Schwarz sei ihr ganz normal vorgekommen, gestern abend habe sie ihn nicht gesehen. Sie habe keine Ahnung gehabt, das betonte sie, daß Rudi Schwarz ein Gauner gewesen sei.

Und das glaubte Craddock ihr.

5

Little Paddocks war genauso, wie Craddock es sich vorgestellt hatte. Enten und Hühner liefen im Garten umher, der einen vernachlässigten Eindruck machte. Er sagte sich: Wahrscheinlich kann sie nicht viel Geld für den Gärtner ausgeben... das Haus müßte frisch gestrichen werden, aber das müßten heutzutage die meisten Häuser.

Als Craddocks Wagen vorfuhr, kam Sergeant Fletcher hinter dem Haus hervor.

«Aha, da sind Sie ja, Fletcher! Was haben Sie zu melden?»

«Wir haben gerade das Haus durchsucht, Sir. Offensichtlich hat Schwarz keine Fingerabdrücke hinterlassen, er trug Handschuhe. Weder Türen noch Fenster zeigen Spuren eines Einbruchs. Er scheint um sechs Uhr mit dem Autobus von Medenham gekommen zu sein. Die Hintertür des Hauses wurde um halb sechs geschlossen. Es sieht so aus, als sei er durch die Vordertür hereingekommen. Die elektrische Lichtleitung ist überall in Ordnung. Wir haben noch nicht herausgefunden, wie er den Kurzschluß bewerkstelligen konnte. Nur die Sicherung vom Wohnzimmer und der Halle war durchgebrannt, und ich weiß nicht, wie er es fertigbrachte, an dieser Sicherung herumzumanipulieren.»

Craddock klingelte nun an der Haustür.

Nach ziemlich langem Warten wurde die Tür von einem hübschen jungen Mädchen mit kastanienbraunem Haar geöffnet.

«Inspektor Craddock», stellte er sich vor.

Das Mädchen musterte ihn kühl aus ihren hübschen haselnußbraunen Augen und forderte ihn auf:

«Bitte, treten Sie näher, Miss Blacklock erwartet Sie.»

Die Wände der schmalen, langen Halle schienen nur aus Türen zu bestehen.

Das junge Mädchen öffnete eine der Türen zur Linken und sagte:

«Inspektor Craddock ist da, Tante Letty. Mizzi wollte nicht aufmachen, sie hat sich in der Küche eingeschlossen und vollführt ein Heulkonzert. Ich fürchte, wir werden heute kein Mittagessen bekommen.»

Dann, zu Inspektor Craddock gewandt: «Sie mag die Polizei nicht.»

Craddock trat auf die Besitzerin von Little Paddocks zu. Er sah eine stattliche Frau von etwa sechzig Jahren in einem gutgeschnittenen Jackenkleid und einem Pullover vor sich, deren graues Haar natürlich gewellt war und einen ansprechenden Rahmen für ihr gescheites, resolutes Gesicht bildete. Sie hatte strenge graue Augen, ein energisches Kinn und war nicht geschminkt; an ihrem linken Ohrläppchen klebte ein Heftpflaster. Um den Hals trug sie erstaunlicherweise ein breites Band aus altmodischen Kameen, was ihr eine sentimentale Note verlieh, die gar nicht zu ihrem sonstigen Äußeren paßte.

Neben ihr saß eine etwa gleichaltrige Frau mit einem runden Gesicht und unordentlich frisiertem Haar, das in einzelnen Strähnen aus dem Haarnetz hing. Auf Grund des Berichts von Constable Legg wußte Craddock, daß es sich um Miss Dora Bunner, die Gesellschafterin, handeln mußte.

Miss Blacklock sagte mit einer angenehmen, kultivierten Stimme:

«Guten Morgen, Herr Inspektor. Das ist meine Freundin, Miss Brunner, die mir im Haushalt hilft. Wollen Sie, bitte, Platz nehmen.»

Mit geübtem Blick überflog Craddock den Raum: ein typisches viktorianisches Wohnzimmer, ursprünglich aus zwei Räumen bestehend. Der kleinere Raum hatte ein Erkerfenster... im größeren befanden sich zwei hohe Fenster, einige Sessel... ein Sofa... ein großer Tisch mit einer Schale voll Chrysanthemen, eine zweite stand auf einer Fensterbank; die konventionell angeordneten Blumen sahen frisch aus, während die Veilchen, die in einer Silbervase auf einem kleinen Tisch beim Türbogen standen, verwelkt waren.

«Ich nehme an, Miss Blacklock», begann Craddock, «daß in diesem Zimmer der... eh... der Überfall stattgefunden hat.»

«Ja.»

«Aber Sie hätten das Zimmer gestern abend sehen sollen», rief Miss Bunner. «Alles drunter und drüber! Zwei kleine Tische waren umgeworfen, von einem ist ein Bein abgebrochen... und die Leute haben in der Finsternis wie toll geschrien... Jemand hatte eine brennende Zigarette auf dem Tischchen liegenlassen und es angebrannt; eines unserer schönsten Möbelstücke. Die Leute, besonders die jungen Leute, sind heutzutage so nachlässig in diesen Dingen... zum Glück ist kein Porzellan zerbrochen...»

Miss Blacklock unterbrach sie freundlich, aber energisch:

«Dora, all das, so ärgerlich es auch sein mag, ist ja unwichtig. Ich glaube, es wird am besten sein, wenn wir die Fragen des Inspektors beantworten.»

«Danke sehr, Miss Blacklock. Über den gestrigen Abend wollen wir nachher sprechen. Zunächst möchte ich wissen, wann Sie zum ersten Mal den Toten, diesen Rudi Schwarz, gesehen haben.»

«Rudi Schwarz?»

Sie blicke leicht überrascht drein.

«Heißt er so? Ich glaubte . . . Aber das ist ja unwichtig. Zum ersten Mal sah ich ihn, als ich in Medenham Einkäufe machte . . . das wird drei Wochen her sein. Wir, Miss Bunner und ich, saßen im Royal Spa Hotel. Als wir fortgingen, rief mich jemand beim Namen. Es war dieser junge Mann. Er sagte: ‹Entschuldigen Sie, bitte, Sie sind doch Miss Blacklock.› Er stellte sich vor als Sohn des Besitzers des Hôtel des Alpes in Montreux; meine Schwester und ich hatten während des Krieges lange dort gewohnt.»

«Hôtel des Alpes, Montreux?» wiederholte Craddock. «Konnten Sie sich an ihn erinnern, Miss Blacklock?»

«Nein. Aber wir hatten recht gern dort gewohnt, der Besitzer war sehr aufmerksam zu uns gewesen, und so wollte ich höflich sein und sagte zu dem jungen Mann, ich hoffte, es gefalle ihm in England, und er erwiderte, jawohl, sein Vater habe ihn für ein halbes Jahr zur weiteren Ausbildung hergeschickt. Das hörte sich ganz plausibel an.»

«Und dann sahen Sie ihn wieder?»

«Kürzlich, es werden etwa zehn Tage her sein, kam er plötzlich zu mir. Ich war sehr überrascht. Er entschuldigte sich wegen der Störung, ich sei aber die einzige ihm bekannte Seele in England. Er brauche dringend Geld, um in die Schweiz zu fahren, da seine Mutter schwer erkrankt sei. Das kam mir merkwürdig vor. Daß er das Geld zur Rückreise in die Schweiz benötigte, war natürlich Unsinn; sein Vater hätte ihm leicht auf Grund seiner Beziehungen telegrafisch Geld überweisen lassen können. Diese Hoteliers kennen einander

33

doch. Ich vermutete, daß er Unterschlagungen begangen hatte oder so etwas Ähnliches.»

Sie machte eine kleine Pause und fügte dann trocken hinzu:

«Falls Sie mich für hartherzig halten sollten, muß ich Ihnen sagen, daß ich jahrelang Sekretärin eines großen Finanzmannes war und daher Bittstellern gegenüber ausgesprochen mißtrauisch bin. Ich kenne alle Geschichten, die einem in solchen Fällen aufgetischt werden.»

«Wenn Sie jetzt an diese Unterredung zurückdenken, glauben Sie, daß er herkam, um das Haus auszuspionieren?»

Miss Blacklock nickte energisch.

«Jawohl, davon bin ich überzeugt. Als ich ihn verabschiedete, machte er einige Bemerkungen über die Zimmer. Er sagte: ‹Sie haben ein sehr hübsches Eßzimmer› – ich finde es scheußlich –, es war ein Vorwand, um hineinzuschauen. Und dann beeilte er sich, selbst die Haustür aufzumachen. Ich bin mir jetzt sicher, daß er sehen wollte, wie das Schloß funktioniert. Wie die meisten Leute hier lassen wir ja tagsüber die Haustür offen... jedermann kann hereinspazieren.»

«Und was ist mit der Hintertür?»

«Die habe ich gestern abend, kurz bevor die Gäste kamen, zugesperrt, ich ließ die Enten in den Stall.»

«War sie nicht schon abgeschlossen?»

Miss Blacklock runzelte die Stirn.

«Ich weiß es nicht mehr genau, aber ich glaube. Jedenfalls habe ich sie abgeschlossen, als ich ins Haus zurückging.»

«Das wäre gegen Viertel nach sechs gewesen?»

«Ja, so ungefähr.»

«Und die Haustür?»

«Die schließen wir gewöhnlich später.»

«Schwarz hätte also leicht durch diese Tür kommen können, oder er hätte sich auch durch die Hintertür reinschleichen können, während Sie die Enten in den Stall trieben? Er hatte ja wahrscheinlich das Haus ausspioniert und verschiedene Verstecke, Schränke und so weiter, ausfindig gemacht. Das scheint alles ganz klar zu sein.»

«Entschuldigen Sie, es ist gar nicht klar», widersprach Miss Blacklock. «Warum soll sich ein Mensch die Mühe machen, hier einzubrechen und diese lächerliche Komödie eines Überfalls zu inszenieren?»

«Haben Sie viel Geld im Haus, Miss Blacklock?»

«Ungefähr fünf Pfund im Schreibtisch und ein bis zwei Pfund im Geldbeutel.»

«Schmuck?»

«Zwei Ringe, einige Broschen und die Kameen, die ich trage. Sie werden doch zugeben, Herr Inspektor, daß es absurd wäre, dafür einen Einbruch zu unternehmen?»

«Es war kein Einbruch!» rief Miss Bunner. «Ich habe es dir gleich gesagt, Letty. Es war Rache! Weil du ihm das Geld nicht gegeben hast. Er hat zweimal auf dich geschossen!»

«Also, kommen wir jetzt zum gestrigen Abend. Wie ging das Ganze nun vor sich, Miss Blacklock?»

Sie überlegte einen Augenblick und sagte dann:

«Die Uhr schlug... die Uhr auf dem Kaminsims. Ich erinnere mich noch, daß ich gerade gesagt hatte: ‹Wenn er› – der Mord, meinte ich – ‹stattfindet, dann sofort.› Und daraufhin schlug die Uhr. Wir hörten alle schweigend zu. Sie schlug zweimal, und plötzlich ging das Licht aus.»

«Sprühten Funken, oder hörten Sie ein Knistern?»

«Ich glaube nicht.»

«*Ich* hörte ein Knistern!» rief Dora Bunner.

«Und dann, Miss Blacklock?»

«Die Tür ging auf...»

«Welche Tür? Das Zimmer hat zwei Türen.»

«Diese hier. Und da stand ein maskierter Mann mit einem Revolver. Heute kommt einem das Ganze völlig phantastisch vor, aber gestern glaubte ich zunächst, es sei ein alberner Scherz. Er sagte etwas, ich habe vergessen, was.»

«Hände hoch oder ich schieße!» ergänzte Miss Bunner.

«So etwas Ähnliches», meinte Miss Blacklock zweifelnd.

«Und haben Sie alle die Hände hochgehalten?»

«O ja», bestätigte Miss Bunner. «Das gehörte doch zum Spiel.»

«Ich nicht», erklärte Miss Blacklock. «Es kam mir so dumm vor.»

«Und dann?»

«Die Laterne leuchtete mir direkt in die Augen, ich war völlig geblendet. Und dann hörte ich eine Kugel an meinem Kopf vorbeipfeifen und direkt hinter mir in die Wand einschlagen. Jemand schrie, ich spürte einen brennenden Schmerz an meinem Ohr und hörte den zweiten Schuß.»

«Es war entsetzlich!» rief Miss Bunner.

«Und was geschah dann, Miss Blacklock?»

«Das kann ich schwer sagen ... ich war so benommen. Die Gestalt drehte sich um, schien zu stolpern, dann erfolgte noch ein Schuß, die Blendlaterne erlosch, und alle schrien und riefen durcheinander und rannten im Zimmer umher, einer fiel sozusagen über den andern.»

«Wo standen Sie, Miss Blacklock?»

«Dort neben dem kleinen Tisch», sagte Miss Bunner atemlos. «Sie hatte die Vase mit den Veilchen in der Hand.»

«Ich stand dort», Miss Blacklock ging zu dem kleinen Tisch neben dem Türbogen, «und ich hatte die Zigarettendose in der Hand.»

Der Inspektor untersuchte die Wand. Zwei Kugeleinschläge waren sichtbar. Die Kugeln selbst waren entfernt worden, um untersucht zu werden.

«Er hat auf sie geschossen!» erklärte Miss Bunner emphatisch. «Ganz bestimmt! Ich habe ihn gesehen. Er hat mit der Blendlaterne alle angeleuchtet, bis er sie fand, und dann hat er auf sie geschossen. Er wollte dich ermorden, Letty!»

«Liebe Dora, das hast du dir alles nur eingeredet.»

«Er hat auf dich geschossen!» wiederholte Dora hartnäckig. «Er wollte dich erschießen, und als er dich nicht traf, hat er sich selbst erschossen. Ich bin ganz sicher, daß es so war!»

«Ich glaube nicht einen Moment, daß er sich erschießen wollte», widersprach Miss Blacklock. «Er war nicht der Mensch, der Selbstmord begeht.»

«Sagen Sie mir, bitte, Miss Blacklock: Glaubten Sie, bis die Schüsse fielen, die ganze Sache sei ein Spaß?»

«Natürlich. Was konnte ich sonst annehmen?»

«Wer, glauben Sie, hat die ganze Sache inszeniert?»

«Du glaubtest erst, Patrick hätte es getan», murmelte Dora Bunner.

«Patrick?» fragte der Inspektor scharf.

«Mein junger Neffe, Patrick Simmons.»

Dann fuhr Miss Blacklock, offensichtlich ärgerlich über ihre Freundin, fort:

«Als ich die Anzeige in der Zeitung las, dachte ich zunächst, es sei ein dummer Scherz von ihm, aber er bestritt es sofort.»

«Und dann warst du beunruhigt, Letty», sagte Miss Bunner aufgeregt. «Du warst beunruhigt, obwohl du vorgabst, es nicht zu sein. Und wenn der Kerl dich nicht verfehlt hätte, wärst du ermordet worden. Und was wäre dann aus uns geworden?»

Sie zitterte am ganzen Leib.

Miss Blacklock klopfte ihr beruhigend auf die Schulter.

«Ist schon gut, liebe Dora, reg dich nicht auf, das ist schlecht für dich. Ist ja alles in Ordnung. Wir hatten ein gräßliches Erlebnis, doch es ist vorbei.»

Dann fügte sie hinzu: «Nimm doch, bitte, diese Veilchen fort! Ich hasse nichts mehr als verwelkte Blumen.»

«Ich habe sie gestern erst gepflückt. Komisch, daß sie schon verwelkt sind ... ach Gott, ich muß vergessen haben, ihnen Wasser zu geben. Nein, so etwas!»

Sie trippelte zur Tür hinaus, nun anscheinend ganz zufrieden.

«Sie ist kränklich, und Aufregungen sind Gift für sie», erklärte Miss Blacklock. «Wollen Sie noch etwas wissen, Herr Inspektor?»

«Ja, ich möchte über alle Personen, die im Hause wohnen, Auskunft haben.»

«Außer mir und Dora Bunner wohnen hier augenblicklich ein Neffe und eine Nichte von mir, Patrick und Julia Simmons. Ihre Mutter ist eine Großkusine von mir.»

«Haben die beiden immer bei Ihnen gelebt ...?»

«Nein, sie sind erst seit zwei Monaten hier. Vor dem Krieg lebten sie in Südfrankreich. Dann trat Patrick in die Marine ein, und Julia arbeitete, soviel ich weiß, in einem Ministerium. Vor einiger Zeit fragte ihre Mutter an, ob ich die beiden als ‹paying guests› zu mir nehmen würde – Julia macht einen Laborantinnenkurs im Krankenhaus in Milchester, und Patrick studiert dort an der Technischen Hochschule. Wie Sie wohl wissen, dauert die Fahrt mit dem Bus nur fünfzig Minuten. Ich bin sehr froh, die beiden hier zu haben, denn das Haus ist zu groß für mich allein. Sie zahlen eine Kleinigkeit für Kost und Logis, und es läuft alles sehr gut.»

Lächelnd fügte sie hinzu: «Und ich habe gern junge Menschen um mich.»

«Und dann wohnt noch eine Mrs. Haymes bei Ihnen, nicht wahr?»

«Ja. sie arbeitet als Hilfsgärtnerin in Dayas Hall, dem Besitz von Mrs. Lucas. Im Haus des alten Gärtners ist kein Platz, und so hat Mrs. Lucas mich gebeten, sie bei mir unterzubringen. Eine nette junge Frau. Ihr Mann ist in Italien gefallen, sie hat einen achtjährigen Jungen, der in der Nähe in einem Internat ist und der in den Ferien auch hierherkommen kann.»

«Und Dienstboten?»

«Zweimal in der Woche kommt ein Gärtner, und fünfmal kommt morgens eine Reinemachefrau. Außerdem habe ich ein Flüchtlingsmädchen als eine Art von Köchin. Ich fürchte, Sie werden Mizzi ein wenig schwierig finden. Sie leidet an Verfolgungswahn, und sie lügt.»

Craddock nickte verständnisvoll.

Als habe sie seine Gedanken gelesen, erklärte Miss Blacklock:

«Bitte, seien Sie nicht zu streng mit der armen Mizzi. Sie bringt uns oft in Wut, sie ist mißtrauisch, mürrisch und empfindlich und fühlt sich dauernd beleidigt. Aber trotzdem tut sie mir leid.» Sie lächelte. «Und wenn sie will, kocht sie wunderbar.»

«Ich will versuchen, sie möglichst wenig in Wut zu bringen», sagte Craddock. «War das Miss Julia Simmons, die mir die Tür öffnete?»

«Ja. Möchten Sie sie sprechen? Patrick ist ausgegangen, und Phillipa Haymes ist bei ihrer Arbeit in Dayas Hall.»

«Gut, Miss Blacklock, dann möchte ich jetzt Miss Simmons sprechen.»

6

Als Julia ins Zimmer kam, setzte sie sich mit einem so überlegenen Ausdruck in den Sessel ihrer Tante – die taktvollerweise den Raum verlassen hatte –, daß Craddock sich ärgerte. Gelassen blickte sie ihn an und wartete auf seine Fragen.

«Erzählen Sie mir, bitte, was gestern abend hier im Zimmer geschehen ist, Miss Simmons.»

«Eine Menge langweiliger Leute kamen . . . Colonel Easterbrook und Frau, Miss Hinchliffe und Miss Murgatroyd, Mrs. Swettenham mit ihrem Sohn Edmund und Mrs. Harmond, die Frau des Pfarrers. In dieser Reihenfolge trudelten sie ein. Und alle sagten wie eine Grammophonplatte genau das gleiche: ‹Ah, Sie heizen schon› und ‹Was für entzückende Chrysanthemen!›»

Craddock biß sich auf die Lippen.

«Nur Mrs. Harmond machte eine Ausnahme. Sie ist wirklich ein Schatz. Sie fragte unumwunden, wann denn der Mord verübt würde. Das brachte die andern ziemlich in Verlegenheit, weil alle so getan hatten, als seien sie zufällig vorbeigekommen. Und dann schlug die Uhr, und nach dem letzten Glockenschlag gingen die Lichter aus, die Tür wurde aufgerissen, und eine maskierte Gestalt rief: ‹Hände hoch!› oder so was Ähnliches. Es war genau wie in einem schlechten Film, höchst lächerlich. Und dann gab er zwei Schüsse auf Tante Letty ab, und es war gar nicht mehr lächerlich.»

39

«Wo befanden sich die einzelnen Leute in diesem Augenblick?»

«Als die Lichter ausgingen? Die standen alle herum. Nur Mrs. Harmond saß auf dem Sofa, Hinch – das ist Miss Hinchliffe – stand vor dem Kamin.»

«Waren sie alle hier in diesem Raum, oder war auch jemand im Hinterzimmer?»

«Ich glaube, die meisten waren hier. Patrick war zum Erker gegangen, um den Sherry zu holen, und wenn ich mich recht erinnere, folgte Colonel Easterbrook ihm, aber das weiß ich nicht genau. Wie ich schon sagte, standen wir alle herum.»

«Wo standen Sie?»

«Ich glaube, am Fenster. Tante Letty holte gerade Zigaretten.»

«Von dem Tisch beim Türbogen,»

«Ja... und dann gingen die Lichter aus, und der schlechte Film begann.»

«Meine nächste Frage ist sehr wichtig. Bitte, versuchen Sie, sie genau zu beantworten, Miss Simmons: Hielt der Mann die Blendlaterne ruhig, oder ließ er sie wandern?»

Julia dachte nach. Sie blickte nun weniger überlegen drein.

«Er ließ sie wandern», sagte sie langsam, «wie einen Scheinwerfer bei einer Tanzvorführung. Einen Augenblick blendete er direkt in meine Augen, dann wanderte das Licht durch das Zimmer, und schließlich fielen die Schüsse... zwei Schüsse.»

«Und dann?»

«Mit einem Satz drehte er sich um... und Mizzi fing irgendwo an zu schreien wie eine Fabriksirene, die Blendlaterne ging aus, und es krachte noch ein Schuß. Und dann ging die Tür zu – langsam, mit einem klagenden Laut, es war unheimlich –, und eine ägyptische Finsternis herrschte. Niemand wußte, was los war, die arme Bunny quietschte wie ein Kaninchen, und Mizzi schrie weiter.»

«Glauben Sie, daß der Mann auf Ihre Tante gezielt hat... auf sie im speziellen, meine ich?»

Julia schien offensichtlich überrascht.

«Sie meinen, daß er es auf Tante Letty abgesehen hatte? Das glaube ich nicht. Wenn er Tante Letty hätte umbringen wollen, hätte er viel günstigere Gelegenheiten gehabt. Zu dem Zweck hätte er doch nicht das halbe Dorf zusammentrommeln müssen, das machte es doch nur schwieriger. Er hätte sie an jedem Tag in der Woche auf alte irische Art von irgendeiner Hecke aus erschießen können, ohne dabei gefaßt zu werden.»

Mit einem Seufzer sagte der Inspektor:

«Danke sehr, Miss Simmons. Jetzt möchte ich Mizzi sprechen.»

«Hüten Sie sich vor ihren Fingernägeln!» warnte Julia ihn. «Sie ist eine Wilde!»

Von Fletcher begleitet ging Craddock in die Küche zu Mizzi. Sie rollte gerade einen Kuchenteig und blickte mißtrauisch auf, als die beiden eintraten.

Ihr schwarzes Haar hing ihr in die Augen. Sie sah mürrisch aus, und der knallrote Jumper und der grellgrüne Rock paßten nicht zu ihrem fahlen Teint.

Sie legte das Nudelholz auf den Tisch, wischte sich die Hände an einem Handtuch ab und setzte sich auf den Küchenstuhl.

«Was wollen Sie wissen von mir?» fragte sie trotzig.

«Sie sollen mir erzählen, was gestern abend hier geschehen ist.»

«Ich habe weggehen wollen. Hat sie Ihnen das gesagt? Als ich in Zeitung gelesen habe etwas über Mord, habe ich weggehen wollen. Ich habe bleiben müssen. Aber ich habe gewußt... ich habe gewußt, was wird passieren. Ich habe gewußt, ich sollte werden gemordet.»

«Aber Sie wurden nicht ermordet, nicht wahr?»

«Nein!» gab Mizzi widerwillig zu.

«Also los! Erzählen Sie endlich, was geschehen ist.»

«Ich war nervös. Oh, ich war nervös! Den ganzen Nachmittag, den Abend. Ich höre Dinge. Leute gehen herum. Einmal glaube ich, einer schleicht in der Halle... aber es war nur Mrs. Haymes.»

41

Der Gedanke an Mrs. Haymes schien Mizzi aufzuregen. Sie kam von Thema ab.

«Wer ist sie schon? Hat sie teure Universitätsstudium gemacht wie ich. Hat sie viel Examen gemacht? Nein, sie ist einfache Arbeiterin. Wer ist sie schon, daß sie sich eine Dame nennt?»

«Mrs. Haymes interessiert uns im Moment nicht. Also weiter!»

«Ich bringe den Sherry und die Gläser und das Gebäck in Wohnzimmer. Dann klingelt es, und ich gehe zur Haustür. Wieder und wieder muß ich zur Haustür. Es ist eine Schande für mich ... aber ich tue es. Und dann gehe ich zurück in Anrichteraum und fange an Silber putzen, und ich denke, es wird sehr gut sein das, weil wenn jemand mir will morden, ich großes Tranchiermesser bei mir habe, das ganz scharf ist. Und dann, plötzlich ... ich höre Schüsse! Ich glaube: ‹Das ist er ... jetzt ist es soweit!› Ich renne in Eßzimmer ... die andere Tür geht nicht auf ... ich stehe ein Moment und lausche, und dann kommt wieder Schuß und lauter Plumps draußen in Halle, ich will aufmachen die Tür, aber sie ist geschlossen von außen. Ich sitze da, bin wie Ratte in Falle. Ich brülle, und ich brülle, und ich trommle auf Tür. Und dann, endlich ... wird Schlüssel umgedreht, und ich kann raus. Und dann bringe ich Kerzen, viel, viel Kerzen ... und elektrisches Licht geht wieder an ... und ich sehe Blut ... Blut ...»

«Ja ... danke sehr», sagte der Inspektor.

«Und jetzt», rief Mizzi dramatisch, «können Sie mich verhaften und ins Gefängnis bringen!»

«Heute nicht!» erwiderte der Inspektor.

Als Craddock und Fletcher durch die Halle gingen, wurde die Haustür aufgerissen, und ein gutaussehender, großer junger Mann stieß beinahe mit ihnen zusammen.

«Ah, die hohe Polizei!» rief er.

«Mr. Patrick Simmons?»

«Erraten, Herr Inspektor. Sie sind doch der Inspektor, und der andere der Sergeant?»

«Jawohl, Mr. Simmons. Ich möchte Sie sprechen.»

«Ich bin unschuldig, Herr Inspektor, ich schwöre Ihnen, ich bin unschuldig!»

«Mr. Simmons, lassen Sie die Witze! Ich muß noch mit vielen Leuten sprechen, und ich möchte keine Zeit verlieren. Können wir in dieses Zimmer hier gehen?»

«Das ist das sogenannte Studierzimmer, aber niemand studiert hier.»

«Ich dachte, Sie seien jetzt im Kolleg», sagte Craddock.

«Ich fand, daß ich mich heute nicht auf Mathematik konzentrieren kann, und so bin ich nach Hause gegangen.»

Sachlich ließ sich nun der Inspektor Patricks Personalien und Auskunft über seine Kriegsdienste geben. «Und jetzt, Mr. Simmons, schildern Sie mir, bitte, die Vorgänge von gestern abend.»

«Wir schlachteten ein fettes Kalb, Herr Inspektor, das heißt, Mizzi machte ausgezeichnetes Gebäck, Tante Letty ließ eine neue Flasche Sherry öffnen...»

Craddock unterbrach ihn. «Eine neue Flasche? Was war mit der andern?»

«Die war nur noch halb voll, und das gefiel Tante Letty nicht.»

«Sie war wohl nervös?»

«Nein, das kann man nicht sagen, sie ist höchst vernünftig. Die alte Bunny hatte den ganzen Tag über Unheil prophezeit.»

«Miss Bunner war also ausgesprochen ängstlich?»

«O ja, sie kam auf ihre Kosten.»

«Sie nahm die Anzeige ernst?»

«Sie wurde fast wahnsinnig.»

«Als Miss Blacklock die Anzeige las, glaubte sie zunächst, Sie hätten etwas damit zu tun. Wieso glaubte sie das?»

«Ach, ich bin hier der Sündenbock für alles!»

«Sie hatten nichts damit zu tun, Mr. Simmons?»

«Ich? Kein Gedanke!»

«Also beschreiben Sie mir, was gestern abend geschah.»

«Ich war gerade im Erkerzimmer, als die Lichter ausgingen. Ich drehe mich um, und da steht ein Kerl in der Tür und brüllt: ‹Hände hoch!› Und alle keuchen und quietschen und schreien, und er fängt an zu schießen. Dann fällt er hin, die Blendlaterne geht aus, wir sind wieder im Finstern, und Colonel Easterbrook brüllt in seinem Kasernenhofton. Ich will mein Feuerzeug anzünden, aber das Ding funktioniert nicht.»

«Hatten Sie den Eindruck, daß der Mann auf Miss Blacklock gezielt hat?»

«Wie könnte ich das sagen? Mir kam eher vor, daß er seinen Revolver aus Spaß abfeuerte . . . und dann fand er vielleicht, er sei zu weit gegangen.»

«Und hat sich erschossen?»

«Möglich. Als ich sein Gesicht sah, kam er mir vor wie ein kleiner, kümmerlicher Dieb, den der Mut verlassen hatte.»

«Sie sind ganz sicher, daß Sie ihn nie zuvor gesehen haben?»

«Ja, ganz sicher!»

«Danke sehr, Mr. Simmons. Jetzt muß ich noch die andern befragen, die gestern abend dabei waren.»

7

Der Inspektor fand Phillipa Haymes im Garten von Dayas Hall. Zunächst sah er von ihr nur ein Paar hübsche Beine in Shorts, der Rest ihrer Figur war von Büschen verdeckt. Als sie seine Schritte hörte, steckte sie den Kopf zwischen den Zweigen hervor; ihr Haar war zerzaust, ihr Gesicht gerötet.

Craddock wies auf einen gefällten Baumstamm.

«Setzen wir uns dahin», schlug er freundlich vor. «Ich möchte Sie nicht lange aufhalten. Also: Um welche Zeit kamen Sie gestern abend von Ihrer Arbeit nach Haus?»

«Gegen halb sechs. Ich war zwanzig Minuten über meine Arbeitszeit hinaus hiergeblieben, da ich noch im Treibhaus Pflanzen gießen mußte.»

«Durch welche Tür gingen Sie ins Haus?»

«Durch die Hintertür. Wenn ich direkt am Hühnerstall

vorbeigehe, spare ich den Weg ums Haus herum, außerdem habe ich manchmal schmutzige Schuhe von der Arbeit.»

«War die Tür verschlossen?»

«Nein. Im Sommer steht sie gewöhnlich weit offen, um diese Jahreszeit wird sie zugemacht, aber nicht verschlossen. Wir alle benutzen sie sehr häufig. Ich sperrte zu, als ich im Haus war.»

«Machen Sie das immer, wenn Sie nach Hause kommen?»

«Erst seit voriger Woche, denn jetzt wird es schon gegen sechs Uhr dunkel. Miss Blacklock treibt zwar abends die Hühner und die Enten in den Stall, geht aber oft durch die Küchentür hinaus.»

«Und Sie sind ganz sicher, daß Sie gestern abend die Hintertür abgeschlossen haben?»

«Ganz sicher.»

«Gut. Und was machten Sie, als Sie im Haus waren?»

«Ich zog meine schmutzigen Schuhe aus, ging hinauf in mein Zimmer, nahm ein Bad und zog mich um. Dann ging ich hinunter ins Wohnzimmer und stellte fest, daß eine Art Gesellschaft stattfand. Von der sonderbaren Anzeige hatte ich bis dahin keine Ahnung gehabt.»

«Erzählen Sie mir jetzt bitte, wie sich dieser Überfall abspielte.»

«Also, das Licht ging plötzlich aus.»

«Wo standen Sie in dem Augenblick?»

«Am Kamin. Ich suchte mein Feuerzeug, das ich, wie ich glaubte, auf den Kaminsims gelegt hatte. Das Licht ging aus . . . und alle kicherten und schrien. Dann wurde die Tür aufgerissen, ein Mann leuchtete uns mit einer Blendlaterne in die Augen, fuchtelte mit einem Revolver herum und forderte uns auf, die Hände hochzuheben.»

«Hat die Laterne stark geblendet?»

«Nein, nicht besonders, aber sie war ziemlich grell.»

«Der Mann ließ die Laterne wandern?»

«Ja, er leuchtete das Zimmer ab.»

«Als ob er jemand Bestimmtes suche?»

«Den Eindruck hatte ich nicht.»

«Und was geschah dann, Mrs. Haymes?»

Phillipa runzelte die Stirn.

«Dann? Dann herrschte ein furchtbares Durcheinander.»

«Sie sahen die Leiche des Mannes?»

«Ja.»

«Kannten Sie ihn? Haben Sie ihn je vorher gesehen?»

«Nie.»

«Glauben Sie, daß er sich versehentlich erschossen oder daß er Selbstmord begangen hat?»

«Das kann ich nicht sagen.»

«Sie hatten ihn nicht gesehen, als er vor einigen Tagen Miss Blacklock aufsuchte?»

«Nein. Soviel ich weiß, war das am Vormittag, und da bin ich nie im Haus. Ich bin ja tagsüber fort.»

«Danke sehr, Mrs. Haymes. Ach, noch etwas: Haben Sie wertvollen Schmuck? Ringe, Armbänder und dergleichen?»

Sie schüttelte den Kopf.

«Nur meinen Ehering und zwei Broschen.»

«Wissen Sie, ob sich etwas besonders Wertvolles im Haus befindet?»

«Nicht daß ich wüßte. Es gibt ganz hübsches Silberbesteck, aber das ist ja nichts Außergewöhnliches.»

«Danke sehr, Mrs. Haymes.»

«Es war entsetzlich», erklärte Mrs. Swettenham strahlend. «Ja, wirklich entsetzlich, und meiner Ansicht nach sollte die Redaktion der *Gazette* die Annoncen genau prüfen, bevor sie sie bringt. Als ich die Annonce las, kam sie mir gleich höchst verdächtig vor. Ich sagte das sofort, nicht wahr, Edmund?»

«Erinnern Sie sich, was Sie taten, nachdem das Licht ausgegangen war, Mrs. Swettenham?» fragte der Inspektor. «Wo saßen oder standen Sie in dem Augenblick?»

«Also, da muß ich genau überlegen ... mit wem sprach ich gerade, Edmund?»

«Ich habe keine blasse Ahnung, Mutter.»

«Fragte ich nicht gerade Miss Hinchliffe, ob man den Hühnern bei dem kalten Wetter Lebertran geben sollte? Oder

46

sprach ich mit Mrs. Harmond . . . Nein, die war ja eben erst gekommen. Ich glaube, ich sagte gerade zu Colonel Easterbrook, ich hielte es für sehr gefährlich, daß wir in England ein Atomforschungsinstitut haben.»

«Können Sie nicht sagen, ob Sie saßen oder standen?»

«Ist das eigentlich wichtig, Herr Inspektor? Also, jedenfalls, ich muß am Fenster oder am Kamin gewesen sein, denn ich weiß, daß ich ganz dicht bei der Uhr stand, als sie schlug. Ach, das war ungeheuer aufregend. Man war so neugierig, ob irgend etwas geschehen würde.»

«Hat Ihnen die Laterne direkt in die Augen geleuchtet?»

«Ja, ich war völlig geblendet, ich konnte nichts sehen.»

«Und wo waren Sie, Mr. Swettenham?»

«Ich sprach mit Julia Simmons. Wir standen mitten im Zimmer . . . im größeren Raum.»

«Befanden sich alle Anwesenden in diesem Raum oder waren welche im Nebenzimmer?»

«Ich glaube, daß Mrs. Haymes dorthin gegangen war; soweit ich mich erinnere, stand sie da am Kamin und suchte etwas.»

«Glauben Sie, daß der dritte Schuß versehentlich oder in selbstmörderischer Absicht abgegeben wurde?»

«Ich habe keine Ahnung.»

«Mir wurde gesagt, daß Sie die Tür des Eßzimmers aufgeschlossen und die Köchin herausgelassen haben.»

«Ja.»

«Und Sie sind ganz sicher, daß die Tür von außen verschlossen war?»

Edmund blickte den Inspektor erstaunt an.

«Aber ja, ganz sicher . . . Sie glauben doch nicht etwa . . .»

«Ich will nur die Tatsachen klarstellen. Danke sehr, Mr. Swettenham.»

Bei Colonel Easterbrook und Frau verweilte der Inspektor länger, da er einen ganzen Vortrag über sich ergehen lassen mußte.

«Heutzutage kann man solch einen Fall nur vom psychologischen Gesichtspunkt aus betrachten», erklärte ihm der Colonel. «Man muß die Psyche des Verbrechers begreifen. Also dieser Fall hier ist für einen Menschen mit meiner Erfahrung sonnenklar. Warum hat der Kerl die Anzeige aufgegeben? Psychologie! Er will die Aufmerksamkeit auf sich lenken. Er war vielleicht als Ausländer von den andern Angestellten im Hotel von oben herab behandelt worden. Ein Mädchen hat ihn vielleicht abgewiesen. Er will nun ihre Aufmerksamkeit erwecken. Wer ist heutzutage der ideale Kinoheld? Der Gangster, der tolle Kerl! Also gut, er will ein toller Kerl sein. Er macht einen Raubüberfall, mit Maske, mit Revolver. Aber er will auch Publikum haben ... er braucht Publikum. Und so verschafft er sich dieses Publikum durch eine Zeitungsannonce. Aber dann, auf dem Höhepunkt, vergißt er sich ... er ist nicht nur ein Einbrecher, er wird zum Mörder! Er schießt blindlings drauflos ...»

Froh ob dieses Stichworts unterbrach ihn der Inspektor:

«Sie sagten ‹blindlings›, Colonel Easterbrook. Sie glauben nicht, daß er auf jemand Bestimmten schoß ... sagen wir auf Miss Blacklock?»

«Kein Gedanke! Wie ich sagte: ‹blindlings›! Und dann kam er wieder zu sich. Die Kugel hatte getroffen ... daß es nur ein Kratzer war, wußte er ja nicht. Urplötzlich kommt er wieder zu sich. All das, was er sich selbst vorgemacht hatte ... das ist auf einmal Wirklichkeit! Er hat auf einen Menschen geschossen ... hat vielleicht einen Menschen getötet ... Nun verliert er völlig den Kopf und richtet in Panik den Revolver gegen sich selbst.»

«Es ist wirklich wunderbar», flötete Mrs. Easterbrook voll Bewunderung, «wie genau du weißt, was geschehen ist, Archie.»

«Wo waren Sie, als die Schüsse fielen, Colonel?»

«Ich stand mit meiner Frau mitten im Zimmmer neben einem Tisch, auf dem Blumen standen.»

«Und ich habe dich am Arm gepackt, Archie, als die Schießerei losging. Ich war ja zu Tode erschrocken, ich mußte mich an dir festhalten.»

«Armes Häschen!» sagte der Colonel zärtlich und gönnerhaft.

Der Inspektor stöberte Miss Hinchliffe beim Schweinestall auf.

«Was wollen Sie denn noch von mir wissen?» fragte sie und kraulte dabei den rosigen Rücken eines Ferkels. «Ich habe doch Ihren Leuten schon gestern abend erklärt, daß ich keine Ahnung habe, wer der Kerl war.»

«Wo waren Sie, als der Überfall stattfand?»

«Ich lehnte am Kamin und hoffte zu Gott, daß man mir bald etwas zu trinken anbieten würde», antwortete sie prompt.

«Glauben Sie, daß die Schüsse blindlings abgegeben wurden oder daß auf eine bestimmte Person gezielt wurde?»

«Sie meinen auf Letty Blacklock? Woher soll ich das wissen? Ich weiß nur, daß das Licht ausging, daß uns eine Laterne blendete, dann wurden Schüsse abgegeben, und ich dachte: ‹Wenn dieser Lausejunge Patrick Simmons seine Witze mit einem geladenen Revoler macht, wird noch jemand etwas abbekommen.›»

«Sie glaubten, es sei Patrick Simmons?»

«Patrick hat nichts als Unsinn im Kopf. Aber diesmal hab ich ihm unrecht getan.»

«Glaubte auch Ihre Freundin, daß es Patrick gewesen sei?»

«Amy? Da fragen Sie sie am besten selbst.»

Miss Hinchliffe ließ ihre Stentorstimme erschallen: «Amy... wo bist du?»

«Ich komme», ertönte eine piepsige Stimme.

«Eil dich, die Polizei!» rief Miss Hinchliffe.

Atemlos kam Miss Murgatroyd herangetrippelt. Der Saum ihres Kleides hing herunter, und einzelne Haarsträhnen waren aus dem schlecht sitzenden Netz gerutscht. Ihr gutmütiges rundes Gesicht strahlte den Inspektor erwartungsvoll an.

«Wo warst du, als der Überfall stattfand? Das will er von dir wissen, Amy», sagte Miss Hinchliffe und zwinkerte.

«Oh, mein Gott!» keuchte Miss Murgatroyd. «Natürlich,

das hätte ich mir überlegen müssen. Es handelt sich natürlich ums Alibi, also, ich stand neben jemandem.»

«Nicht neben mir», sagte Miss Hinchliffe.

«Oh, mein Gott, nicht neben dir?... Ja, natürlich, ich bewunderte gerade die Chrysanthemen... übrigens gar keine besonders schönen Exemplare, und da passierte es... das heißt, ich wußte gar nicht, daß etwas passiert war... Ich meine, ich wußte nicht, daß so etwas geschah. Ich hörte nur eine Stimme, die rief: ‹Bitte, alle die Hände hoch!›»

«‹Hände hoch!›» verbesserte Miss Hinchliffe. «Von ‹bitte› war keine Rede.»

«Ich schäme mich direkt, wenn ich daran denke, daß ich die Sache amüsant fand, bis dieses Mädchen anfing zu schreien. Aber dann bekam ich auf einmal einen Schlag gegen meine Hühneraugen, das tat entsetzlich weh... Wollen Sie noch mehr wissen, Herr Inspektor?»

«Danke, nein», antwortete der Inspektor und betrachtete sie forschend. «Ich glaube nicht.»

Dem Inspektor gefiel das schäbige große Zimmer, es erinnerte ihn an sein Elternhaus in Cumberland: Verblaßter Chintz, abgenutzte Klubsessel, der Tisch voll mit Blumen und Büchern, in einem Korb ein schlafender Spaniel. Auch Mrs. Harmond fand er sehr sympathisch, obwohl sie ihm sofort offen erklärte:

«Ich werde Ihnen kaum helfen können. Ich hatte meine Augen fest zugekniffen, ich kann es nicht ertragen, geblendet zu werden. Und dann knallten die Schüsse, und da kniff ich die Augen noch fester zu, und ich wünschte so sehr, daß es ein ruhiger Mord wäre. Schießen kann ich nun einmal nicht vertragen!»

«Sie haben also nichts gesehen?» fragte der Inspektor. «Gehört haben Sie doch etwas?»

«Oh, großer Gott, jawohl, es gab viel zu hören. Türen wurden aufgerissen und wieder zugemacht, blöde Sachen wurden gesagt, die Leute keuchten und schrien, und Mizzi brüllte, als ob sie am Spieß steckte... und die arme Bunny quietschte wie ein zu Tode erschrockenes Kaninchen. Und einer stolperte über den andern. Und dann ging auf einmal das Licht wieder an, und alles war wie vorher ... ich meine, nicht wirklich wie vorher, aber wir waren wieder wir selbst, nicht einfach Menschen in einer ägyptischen Finsternis. Im Dunkeln wirken Menschen doch ganz anders, finden Sie nicht auch? ... Und dann lag er da. Ein ... ein kümmerlich aussehender Ausländer ... mit einem jungen, rosigen Gesicht, die Augen waren wie erstaunt aufgerissen ... da lag er und war mausetot ... neben ihm ein Revolver. All das war mir völlig unerklärlich.»

8

Craddock unterbreitet seinem Vorgesetzten, der gerade ein Telegramm der Schweizer Polizei las, den sauber getippten Bericht über die Vernehmungen.

«Er war also vorbestraft», sagte Rydesdale. «Hm ... das konnte man sich denken ... Diebstahl von Schmucksachen ... Unterschlagungen ... ja ... Scheckfälschung ... also ein ausgesprochener Gauner.»

«Jawohl, Sir ... aber ein kleiner Gauner.»

«Richtig. Doch Kleinigkeiten führen oft zu größeren Dingen.»

«Ich verstehe die ganze Sache nicht, Sir.»

«Wieso nicht? Das ist doch eine ganz klare Geschichte ... oder nicht? Aber wir wollen sehen, was Ihnen die Leute erzählt haben.»

Er nahm den Bericht und überflog ihn rasch.

«Das Übliche ... ein Haufen Widersprüche und zweifelhafte Angaben. Es ist immer das gleiche. Aber die Hauptsache scheint doch klar zu sein.»

«Ich weiß, Sir ... trotzdem halten wir mal die Tatsachen fest.»

«Also, um 5 Uhr 20 nahm Rudi Schwarz in Medenham den

51

Autobus nach Chipping Cleghorn; um sechs kam er dort an –
laut Aussage des Chauffeurs und zweier Mitfahrender. Von
der Bushaltestelle aus ging er in Richtung Little Paddocks.
Ohne Schwierigkeiten konnte er ins Haus gelangen – wahrscheinlich durch die Vordertür. Im Zimmer bedrohte er die
ganze Gesellschaft, gab zwei Schüsse ab, der eine streifte
Miss Blacklock, dann erschoß er sich, ob versehentlich oder
mit Absicht, kann nicht festgestellt werden. Ich gebe zu, daß
seine Beweggründe unerklärlich sind, aber die müssen wir ja
auch gar nicht klären. Bei der amtlichen Leichenschau wird
wohl festgestellt werden, ob es sich um Selbstmord oder
einen Unglücksfall handelt. Doch das ist für uns unwichtig.
Ich glaube, wir können einen Strich unter die ganze Sache
machen.»

«Sie meinen, daß wir uns an Colonel Easterbrooks ‹Psychologie› halten sollen?» fragte Craddock stirnrunzelnd.

«Haben Sie Grund zur Annahme, daß einige der bei dem
Überfall Anwesenden Sie angelogen haben?»

Zögernd antwortete Craddock: «Ich glaube, diese Auslän-
derin, die Köchin, weiß mehr, als sie zugibt. Aber das kann
auf einem Vorurteil von mir beruhen.»

«Sie halten es für möglich, daß sie den Burschen ins Haus
ließ? Ihm Informationen gab...?»

«So etwas Ähnliches, ich traue ihr das zu. Aber das würde
heißen, daß etwas Wertvolles im Spiel war, daß sich im Haus
ein größerer Geldbetrag oder kostbarer Schmuck befunden
hätte, und das scheint nicht der Fall gewesen zu sein. Miss
Blacklock verneint das aufs entschiedenste, ebenso die übrigen Hausbewohner. Es bliebe also nur die Vermutung, daß
sich im Haus ein Wertgegenstand befunden hätte, von dem
niemand etwas wußte...»

«Das hört sich an wie ein schlechter Kriminalroman.»

«Ich gebe zu, daß es lächerlich ist, Sir. Aber wir haben die
bestimmte Behauptung von Miss Bunner, daß Schwarz einen
Mordversuch auf Miss Blacklock verübt hat.»

«Also nach dem, was Sie über sie sagen... und nach der
Art ihrer Aussagen scheint doch diese Miss Bunner...»

«Jawohl, Sir», unterbrach Craddock ihn, «sie ist eine völlig unzuverlässige Zeugin.»

«Und warum wollte dieser Schwarz Miss Blacklock ermorden?»

«Da haben wir's, Sir. Ich weiß es nicht, und Miss Blacklock weiß es nicht – es sei denn, sie ist eine bessere Lügnerin, als ich ihr zutraue. Niemand weiß es, und so stimmt es vermutlich nicht.»

Er stieß einen tiefen Seufzer aus.

«Nehmen Sie es nicht so tragisch, Craddock. Sie werden mit Sir Henry und mir zu Mittag essen, und zwar im Royal Spa Hotel in Medenham Wells – man wird uns das Beste vorsetzen.»

«Danke sehr, Sir.» Craddock blickte leicht überrascht drein.

«Wir haben nämlich einen Brief erhalten.» Rydesdale unterbrach sich, da Sir Henry Clithering eintrat. «Ah, guten Morgen, da sind Sie ja, Henry... Ich habe etwas für Sie.»

«Was denn?»

«Einen Brief von einer alten Jungfer. Sie wohnt im Royal Spa Hotel, und sie glaubt, sie könnte uns etwas Interessantes über diesen Fall in Chipping Cleghorn mitteilen.»

«Ah, die alten Jungfern!» stieß Sir Henry triumphierend hervor. «Was habe ich Ihnen gesagt? Die hören alles, die sehen alles, und im Gegensatz zu dem berühmten Sprichwort, sind sie nicht stille Wasser, sondern sagen auch alles – und zwar das Böse. Und was hat sie uns zu erzählen?»

Rydesdale betrachtete den Brief.

«Sie schreibt wie meine Großmutter», klagte er. «Wie heißt sie? Jane... irgend etwas wie... Murpel... nein, Marple, Jane Marple.»

«Großer Gott!» rief Sir Henry. «George, das ist ja meine, meine prächtige alte Jungfer! Die fabelhafteste aller alten Jungfern! Und sie hat es wirklich fertiggebracht, statt friedlich zu Hause in St. Mary Mead zu sitzen, in Medenham Wells zu sein, gerade nachdem hier ein Mord passiert ist.»

«Schön, Henry», sagte Rydesdale spöttisch. «Ich freue

53

mich darauf, Ihren ‹Star› kennenzulernen. Also los! Wir essen im Royal Spa zu Mittag und werden dort die Dame in Augenschein nehmen.»

Miss Jane Marple entsprach fast genau Craddocks Vorstellungen, nur wirkte sie noch gütiger und noch älter, als er erwartet hatte. Sie hatte schneeweißes Haar, sanfte, unschuldig dreinblickende veilchenblaue Augen, ein rosiges Gesicht voller Runzeln und war ganz und gar in weiche Wolle gehüllt. Außerdem strickte sie noch an einem Wollgegenstand, der sich als ein Babyjäckchen entpuppte.

Hochentzückt begrüßte sie Sir Henry und war ganz aufgeregt, als man ihr den Polizeichef und den Inspektor vorstellte.

«Wirklich, Sir Henry, ich freue mich sehr ... ich habe Sie ja schon so lange nicht mehr gesehen ... Ach ja, mein Rheumatismus, der ist in der letzten Zeit noch schlimmer geworden ... Aber ich rede zuviel ... Unser Polizeichef persönlich, das hätte ich nie erwartet, doch ich fürchte, ich werde ihm seine Zeit rauben.»

Völlig senil! dachte Craddock.

«Wir wollen in das Privatbüro des Direktors gehen», schlug Rydesdale vor. «Dort können wir ungestört reden.»

Nachdem sie Platz genommen hatten, sagte Rydesdale: «Also, Miss Marple, dann erzählen Sie doch mal bitte.»

Überraschend prägnant kam sie nun gleich zur Sache.

«Es war ein Scheck», erklärte sie. «Er hat ihn gefälscht.»

«Er?»

«Der junge Mann im Empfangsbüro, von dem man glaubt, er habe diesen Überfall inszeniert und sich dann erschossen.»

«Er hat einen Scheck gefälscht, sagen Sie?»

Miss Marple nickte. «Ja, ich habe ihn bei mir.»

Sie zog einen Scheck aus ihrer Handtasche und legte ihn auf den Tisch.

«Heute morgen schickte ihn mir meine Bank. Wenn Sie genau hinsehen, können Sie sehen, daß er ursprünglich auf sieben Pfund ausgestellt war und dann in siebzehn Pfund abgeändert wurde. Es ist sehr geschickt gemacht, er scheint Übung gehabt zu haben. Er konnte die gleiche Tinte benutzen, weil ich den Scheck in seinem Büro ausstellte. Ich glaube, so etwas hat er schon häufig gemacht, meinen Sie nicht auch?»

«Diesmal ist er allerdings an die Falsche geraten», bemerkte Sir Henry.

Miss Marple nickte zustimmend.

«Ja. Ich fürchte, mit seinen kriminellen Erfahrungen war es nicht weit her. Ich war jedenfalls genau die falsche Person. Eine geschäftige, junge verheiratete Frau oder ein verliebtes Mädchen – die schreiben alle möglichen Schecks über alle möglichen Summen aus und wissen oft nicht mehr, wann sie wofür wieviel bezahlt haben. Aber eine alte Frau, die mit jedem Penny rechnen muß und die vor allem ganz bestimmte feste Gewohnheiten hat – die ist genau das falsche Opfer. Siebzehn Pfund! Über eine solche Summe würde ich *nie* einen Scheck ausschreiben. Zwanzig Pfund, eine runde Summe, für monatliche Löhne oder sonstige fixe Ausgaben. Und für meine persönlichen Dinge hebe ich immer sieben Pfund ab – früher waren es fünf, aber es ist alles so teuer geworden.»

«Und ganz bestimmt hat er Sie an irgend jemanden erinnert?» ahnte Sir Henry, sie mißtrauisch und amüsiert zugleich musternd.

Miss Marple lächelte und schüttelte leise den Kopf.

«Sie sind sehr ungezogen, Sir Henry. Aber es stimmt. Er *hat* mich an jemanden erinnert – an Fred Tyler aus dem Fischladen. Immer wieder tauchte mal ein Shilling extra auf in den monatlichen Abrechnungen. Da die Leute heutzutage so viel Fisch essen, sind die Rechnungen immer ziemlich lang – und so mancher prüft nicht alles einzeln nach. Jedesmal zehn Shilling in die eigene Tasche – nicht viel, aber immerhin genug, um sich mal eine besonders schöne Krawatte zu kaufen und Jessie Spragge (das Mädchen aus dem Textilwarenladen) ins Kino einzuladen. Ihren Schnitt machen – das ist es, was diese jungen Burschen wollen.

Nun, gleich in der ersten Woche, die ich hier war, wies

meine Rechnung einen Fehler auf. Ich machte den jungen Mann darauf aufmerksam, er entschuldigte sich aufs höflichste und schaute ganz betrübt drein. Doch ich dachte bei mir: ‹Du hast einen falschen Blick, junger Mann.›

Damit meine ich, daß jemand einem besonders ‹aufrichtig› und ‹gerade› in die Augen schaut, nicht wegsieht oder blinzelt.»

«Rudi Schwarz war ein ausgesprochener Gauner», erklärte Rydesdale. «In der Schweiz hat er ein langes Vorstrafenregister.»

«Dort wird ihm der Boden zu heiß geworden sein, nehme ich an, und so kam er, vermutlich mit gefälschten Papieren, hierher», meinte Miss Marple.

«So ist es», bestätigte Rydesdale.

«Er ist mit der kleinen rothaarigen Kellnerin vom Restaurant herumgezogen», erklärte Miss Marple. «Aber ich glaube nicht, daß ihr sein Tod sehr nahegeht. Sie wollte nur mal ein bißchen Abwechslung haben, und er brachte ihr oft Blumen und Schokolade mit, was englische Männer ja nicht zu tun pflegen. Hat sie ihnen alles erzählt, was sie weiß?» wandte sie sich plötzlich an Craddock. «Oder doch nicht alles?»

«Ich bin nicht sicher», antwortete Craddock vorsichtig.

«Ich glaube, man kann noch etwas aus ihr herausbekommen», fuhr Miss Marple fort. «Sie macht sich offensichtlich Sorgen. Heute morgen brachte sie mir Bücklinge statt Heringe, und sie hatte die Milch vergessen. Bisher war sie eine ausgezeichnete Kellnerin ... jawohl, sie ist beunruhigt. Ich glaube, daß sie noch etwas auszusagen hätte. Aber Sie, Herr Inspektor, werden sie ja leicht dazu bringen, daß sie Ihnen alles erzählt, was sie weiß.»

Der Inspektor errötete, und Sir Henry lachte leise.

«Es könnte sehr wichtig sein», meinte Miss Marple. «Vielleicht hat er ihr gesagt, wer es gewesen ist.»

Rydesdale schaute sie verblüfft an.

«Was meinen Sie damit?»

«Ach, Verzeihung, ich drücke mich so ungeschickt aus. Ich meine, wer ihn dazu angestiftet hat.»

«Sie glauben, daß ihn jemand angestiftet hat...?»

Sie riß erstaunt die Augen auf. «Aber selbstverständlich... ich meine... im Grunde genommen war er doch ein harmloser junger Mann, er hat ab und zu kleine Betrügereien gemacht, Schecks abgeändert, ein Schmuckstück entwendet, einen Griff in die Portokasse gemacht und dergleichen. Er hat sich zusätzliches Taschengeld verschafft, um sich gut anzuziehen und mit einem Mädchen ausgehen zu können... lauter solche Dinge. Und plötzlich nimmt er einen Revolver, macht einen Überfall, bedroht einen Haufen Leute in einem Zimmer, schießt auf jemanden... das sieht ihm doch gar nicht ähnlich... das ist doch unmöglich! Da stimmt etwas nicht!»

«Vielleicht können Sie uns sagen, Miss Marple», murrte Craddock, und seine Stimme klang plötzlich aggressiv, «was wirklich geschehen ist?»

Überrascht wandte sie sich ihm zu.

«Aber woher soll ich das wissen? Ich habe nur den Zeitungsbericht gelesen, und da steht nicht allzuviel drin. Man kann sich natürlich seine Gedanken machen, aber ich habe ja keine Unterlagen.»

«George», fragte Sir Henry den Polizeichef, «würde es die Vorschriften verletzen, wenn wir Miss Marple den Bericht über die Vernehmungen der Leute in Chipping Cleghorn lesen ließen?»

«Es mag die Vorschriften verletzen», antwortete Rydesdale, «aber bisher sind wir mit der Einhaltung der Vorschriften nicht weit gekommen. Ich bin sehr neugierig auf das, was Miss Marple sagen wird.»

Miss Marple schien ganz verwirrt zu sein, als Rydesdale ihr den Bericht reichte. Eine Weile herrschte Schweigen, während sie las.

Schließlich legte sie den Bogen auf den Tisch.

«Das ist höchst interessant», erklärte sie mit einem leichten Seufzer. «Es geht alles so durcheinander, es scheint alles so unwichtig zu sein, und das, was nicht unwichtig ist, kann man nur schwer ausfindig machen... es ist so, als sollte man in einem Heuhaufen eine Stecknadel suchen.»

Craddock war enttäuscht, er ärgerte sich über sie und knurrte schroff:

«Die Tatsachen sind ja klar. Obwohl die Leute einander widersprechen, haben sie doch alle eines gesehen: einen Mann mit einer Maske vor dem Gesicht, einem Revolver und einer Blendlaterne in der Hand, der die Tür öffnet und ruft: ‹Hände hoch!›»

«Entschuldigen Sie, bitte», widersprach Miss Marple sanft, «die Leute konnten doch gar nichts gesehen haben ... wenn ich richtig verstehe» – ihre Wangen hatten sich nun leicht gerötet, ihre Augen glänzten wie die eines Kindes – «war doch das Licht ausgegangen, und die Halle war finster. Wenn also ein Mann in der Tür stand und mit einer starken Blendlaterne in das Zimmer leuchtete, konnten die Leute doch nur die Laterne sehen, nicht wahr?»

«Das stimmt, ich habe es ausprobiert.»

«Wenn also jemand behauptet, einen Mann mit einer Maske und weiterem Räuberzubehör gesehen zu haben, so schildert er lediglich das, was er erst wahrnahm, als das Licht wieder funktionierte. All diese Aussagen widersprechen also nicht der Annahme, daß Schwarz nur ein Strohmann gewesen ist.»

Nachsichtig lächelnd fragte Rydesdale:

«Wollen Sie etwa sagen, daß jemand anders ihn dazu überredet hätte, blindlings in ein Zimmer voller Menschen zu schießen? Das wäre doch ein tolles Stück.»

«Ich glaube, daß ihm jemand gesagt hat, es handle sich um einen Scherz», entgegnete Miss Marple. «Er wurde natürlich dafür bezahlt. Er mußte eine Anzeige in die Zeitung setzen, das Haus ausspionieren und am betreffenden Abend mit einer Maske vor dem Gesicht und in einer schwarzen Pelerine dorthin gehen, eine Tür aufreißen, mit einer Blendlaterne die Leute anleuchten und: ‹Hände hoch!› rufen.»

«Und schießen?»

«Nein, nein!» widersprach sie. «Er hatte keinen Reovlver!»

«Aber alle sagen doch ...», begann Rydesdale.

Miss Marple ließ ihn nicht aussprechen.

«Das ist es ja. Niemand kann einen Revolver gesehen haben, selbst wenn er einen gehabt hätte, und ich glaube nicht, daß es der Fall war. Ich glaube, daß sich jemand in der Finsternis hinter ihn geschlichen und über seine Schulter hinweg die zwei Schüsse abgefeuert hat. Darauf war Schwarz zu Tode erschrocken; er drehte sich um, die hinter ihm stehende Person erschoß ihn und ließ den Revolver zu Boden fallen.»

Die drei Männer blickten sich groß an.

Sir Henry flüsterte leise: «Das wäre möglich.»

«Aber wer ist dieser Mr. X., der da in der Finsternis auftauchte?» fragte Rydesdale.

Miss Marple hüstelte. «Sie müssen von Miss Blacklock herausbekommen, wer ein Interesse daran haben könnte, sie zu ermorden.»

Dora Bunners fixe Idee, dachte Craddock. Instinkt gegen Vernunft.

«Sie glauben also, daß es sich um einen Mordversuch an Miss Blacklock handelte?» fragte Rydesdale.

«So sieht es aus», antwortete Miss Marple. «Allerdings gibt es da noch einige Widersprüche. Aber vielleicht kann man doch zunächst mal irgend etwas ausfindig machen, das uns weiterhilft. Ich bin sicher, daß Schwarz von seinem Auftraggeber strikte Anweisung erhalten hatte, kein Sterbenswörtchen von der Geschichte verlauten zu lassen. Vielleicht hat er aber doch nicht geschwiegen, sondern diesem Mädchen, dieser Myrna Harris, etwas erzählt.»

«Ich werde sie mir sofort vornehmen», sagte Craddock und stand auf.

Miss Marple nickte.

«Ich bin Ihnen ja so dankbar, daß Sie mir keine Vorwürfe machen», flüsterte Myrna Harris. «Ich werde Ihnen alles sagen. Aber wenn es Ihnen irgendwie möglich ist, lassen Sie mich aus dem Spiel, wegen meiner Mutter. Es fing alles damit an, daß Rudi ein Rendezvous mit mir rückgängig machte. Wir hatten vor, am Abend ins Kino zu gehen, und auf einmal

59

sagte er mir, daß er nicht könne, er habe keine Zeit. Und da war ich natürlich ärgerlich und habe ihm meine Meinung gesagt ... schließlich hatte *er* es ja vorgeschlagen, und es paßt mir nicht, für dumm verkauft zu werden. Er behauptete, er könne nichts dafür, und ich schimpfte, das sei mir eine faule Ausrede. Da verriet er mir, er würde ein großes Ding drehen, und ich bekäme danach eine schöne Uhr. Ich fragte ihn, um was für ein ‹Ding› es sich denn handle. Und er erkärte, ich dürfte mit keinem Menschen darüber sprechen, aber irgendwo würde eine Gesellschaft stattfinden, und dort sollte er aus Spaß einen Überfall inszenieren. Er zeigte mir die Anzeige, die er aufgegeben hatte, und ich mußte natürlich lachen. Er machte sich lustig darüber, sagte, die Sache wäre kindisch, aber das sehe den Engländern ähnlich, die würden ja nie erwachsen. Es hat sich wirklich alles wie ein ausgelassener Ulk angehört, als er es mir erzählte. Ich habe auch nicht die geringste Ahnung davon gehabt, daß er einen Revolver hatte, er hat kein Wort davon gesagt, daß er einen mitnehmen würde.»

Craddock beruhigte sie und stellte dann die wichtigste Frage:

«Und wer hat ihm den Auftrag gegeben?»

Aber gerade das wußte das Mädchen nicht.

«Hat er keinen Namen erwähnt? Sprach er von einem ‹Er›... oder von einer ‹Sie›?»

«Er hat nur gesagt, das würde ein Geschrei geben. ‹Ich werde mich totlachen, wenn ich die erschrockenen Gesichter sehe›, hat er gesagt.»

Er hatte nicht mehr viel zu lachen, dachte Craddock.

«Nur eine Theorie!» sagte Rydesdale zu Craddock, als sie nach Medenham fuhren. «Wollen wir es als Hirngespinst einer alten Jungfer ansehen und es dabei bewenden lassen?»

«Ich denke nicht, Sir.»

«Es klingt doch alles höchst phantastisch: Ein geheimnisvoller X. taucht plötzlich in der Finsternis hinter unserem Schweizer auf. Woher kam er? Wer war er?»

«Er hätte durch die Hintertür kommen können, genau wie

Schwarz», meinte Craddock. «Oder», fügte er gedehnt und mit aller Ironie hinzu, «er hätte aus der Küche kommen können.»

««Sie› hätte aus der Küche kommen können, meinen Sie doch...?»

«Jawohl, Sir, das wäre eine Möglichkeit. Ich traue dieser Katze, der Köchin, einfach nicht. Dieses ganze Geschrei und diese hysterischen Ausbrüche, all das kann Theater sein. Sie könnte dem Burschen etwas eingeredet, ihn zu geeigneter Zeit ins Haus gelassen und ihn dann erschossen haben. Danach stürzte sie zurück ins Eßzimmer und führte ihre Schreiszene auf.»

«Dagegen spricht die Aussage von diesem... wie heißt er nur gleich... ach ja, Edmund Swettenham, der ausdrücklich erklärt hat, die Tür sei von außen zugeschlossen gewesen und er habe die Köchin herausgelassen. Gibt es in diesem Teil des Hauses noch eine Tür?»

«Ja, es gibt noch eine Tür zur Küche, aber die Klinke ist vor drei Wochen abgebrochen und noch nicht wieder eingesetzt worden. Also kann die Tür nicht geöffnet werden. Und das scheint zu stimmen, die beiden Griffe liegen auf einem Regal neben der Tür in der Halle und sind ganz mit Staub bedeckt.»

«Stellen Sie vorsichtshalber mal fest, ob die Papiere des Mädchens in Ordnung sind. Mir kommt die Sache nach wie vor höchst suspekt vor.»

«Und da ist noch die Geschichte mit dem Revolver», sagte Craddock. «Wenn Miss Marple recht hat, besaß Schwarz überhaupt keinen Revolver.»

«Es ist ein deutsches Fabrikat.»

«Ich weiß, Sir. Aber es gibt hier eine Menge Revolver vom Festland. Die Amerikaner und auch unsere Leute haben sie mitgebracht. Das will also nichts heißen.»

«Stimmt. Aber könnte man nicht noch irgendwo anders ansetzen?»

«Da wäre das Motiv», antwortete Craddock. «Wenn Miss Marples Theorie stimmt, so wäre dieser Überfall nicht nur ein Scherz oder ein gewöhnlicher Raubüberfall, sondern ein kaltblütiger Mordversuch gewesen. Jemand versuchte, Miss Blacklock zu ermorden. Aber warum? Meines Erachtens kann nur Miss Blacklock selbst diese Frage beantworten.»

«Aber sie hat doch diese Idee weit von sich gewiesen.»

«Sie glaubt nicht daran, daß Schwarz sie ermorden wollte. Und damit hat sie ja recht. Aber nun kommt noch etwas, Sir.»

«Nämlich?»

«Der Versuch könnte wiederholt werden.»

«Das würde die Theorie bestätigen», meinte Rydesdale trocken. «Übrigens, passen Sie auf Miss Marple auf.»

«Auf Miss Marple? Warum?»

«Wie ich hörte, wird sie nach Chipping Cleghorn ins Pfarrhaus ziehen und nur zweimal in der Woche nach Medenham Wells zur Behandlung fahren. Die Frau des Pfarrers ist die Tochter einer alten Freundin von Miss Marple. Die alte Jungfer hat übrigens einen guten Instinkt.»

«Ich wünschte, sie würde nicht nach Chipping Cleghorn ziehen», murmelte Craddock besorgt. «Sie ist eine nette Person. Ich möchte nicht, daß ihr etwas zustößt . . . ich meine, vorausgesetzt, daß ihre Theorie stimmt.»

9

«Entschuldigen Sie, bitte, daß ich Sie schon wieder störe, Miss Blacklock», begann der Inspektor, «aber ich muß Ihnen zunächst mitteilen, daß Schwarz gar nicht der Sohn des Besitzers vom Hôtel des Alpes in Montreux war. Er scheint zuerst Angestellter in einer Klinik in Bern gewesen zu sein – viele Patienten vermißten Wertgegenstände. Dann war er unter anderem Namen Kellner in einem kleinen Winterkurort; dort war es seine Spezialität, im Restaurant in den Rechnungsduplikaten andere Beträge einzusetzen, die Differenz steckte er natürlich in die eigene Tasche. Dann war er Angestellter in einem Warenhaus in Zürich; während er dort arbeitete, wurden mehr Ladendiebstähle als früher festgestellt, und es sah so aus, als hätten nicht nur Kunden diese Diebstähle begangen.»

«Kurz gesagt, ein kleiner Gauner», bemerkte Miss Blacklock trocken. «Ich hatte also recht, als ich glaubte, ihn vorher nie gesehen zu haben.»

«So ist es. Wahrscheinlich hat ihn jemand im Hotel auf Sie aufmerksam gemacht, und daraufhin tat er so, als kenne er Sie von früher her. In der Schweiz war ihm der Boden zu heiß geworden, und so kam er mit gefälschten Papieren hierher und verschaffte sich die Stellung im Hotel. Übrigens, Sie bleiben dabei, daß sich hier im Hause nichts Wertvolles befindet?»

«Natürlich nicht. Ich kann Ihnen versichern, Herr Inspektor, daß wir keinen unbekannten Rembrandt oder so etwas haben.»

«Dann sieht es doch so aus, als hätte Miss Bunner recht – er hatte es auf Sie abgesehen.»

Miss Blacklock blickte ihn durchdringend an.

«Also, wir wollen das mal klarstellen: Sie glauben wirklich, dieser junge Mann wäre hierhergekommen, nachdem er durch eine Annonce das halbe Dorf zu einer bestimmten Zeit hergelotst hatte?»

«Aber vielleicht hat er gar nicht damit gerechnet», unterbrach Miss Bunner sie aufgeregt. «Vielleicht ist es nur eine Art von grauenhafter Warnung gewesen... für dich, Letty... so habe ich es empfunden, als ich die Annonce las. ‹Ein Mord wird angekündigt›... Mir lief es eiskalt über den Rücken, ich fühlte, daß es etwas Entsetzliches ist... wenn alles so gekommen wäre, wie er es sich gedacht hatte, hätte er dich erschossen und wäre davongekommen... und niemand hätte je herausgefunden, wer es gewesen ist.»

«Das stimmt schon», sagte Miss Blacklock. «Aber...»

«Ich wußte, daß diese Annonce kein Scherz war, Letty. Ich habe es gleich gesagt, und denk an Mizzi, sie hatte auch Angst!»

«Ach ja», sagte Craddock, «diese Mizzi! Die interessiert mich besonders.»

«Ihr Paß und ihre Arbeitserlaubnis sind in Ordnung.»

«Das bezweifle ich nicht», meinte Craddock trocken. «Auch die Papiere von Schwarz schienen in Ordnung zu sein.»

«Aber was für einen Grund sollte dieser Schwarz gehabt haben, mich ermorden zu wollen? Das haben Sie mir noch immer nicht erklären können, Herr Inspektor.»

«Es könnte jemand hinter ihm gesteckt haben», mutmaßte Craddock. «Haben Sie daran noch nicht gedacht?»

«Das ändert nichts an der Tatsache», erwiderte Miss Blacklock. «Wer sollte ein Interesse haben, mich zu ermorden?»

«Die Antwort auf diese Frage wollte ich eigentlich von Ihnen hören, Miss Blacklock.»

«Die Antwort kann ich Ihnen nicht geben, ein für allemal! Ich habe keine Feinde. Soviel ich weiß, stand ich mit meinen Nachbarn stets auf bestem Fuß. Ich weiß von niemandem etwas Schlimmes; also die ganze Idee ist absurd! Und wenn Sie vermuten, daß Mizzi etwas damit zu tun haben könnte, so ist auch das abwegig. Wie Miss Bunner gerade sagte, war Mizzi zu Tode erschrocken, als sie diese Anzeige in der *Gazette* sah. Sie wollte sogar sofort ihre Siebensachen packen und sich auf und davon machen.»

«Das könnte ein geschickter Schachzug von ihr gewesen sein; sie konnte sich ja denken, daß Sie sie zum Bleiben drängen würden.»

«Wenn Sie so wollen, können Sie bei allen etwas finden. Aber ich kann Ihnen versichern, daß Mizzi, wenn sie mich unverständlicherweise haßte, mir vielleicht Gift ins Essen getan hätte, aber ich bin sicher, daß sie nicht dieses ganze Theater aufgeführt hätte; das ist, wie gesagt, absurd. Ich glaube, daß die Polizei den Komplex hat, in jedem Ausländer einen Verbrecher zu sehen. Mizzi mag eine Lügnerin sein, aber sie ist keine kaltblütige Mörderin. Wenn Sie es jedoch für richtig halten, sie zu schikanieren, so tun Sie es in Gottes Namen, aber ich warne Sie – wenn sie mir deswegen davonläuft, müssen Sie mein Essen kochen.»

Craddock ging in die Küche und richtete an Mizzi dieselben Fragen, die er schon einmal an sie gestellt hatte, und erhielt die gleichen Antworten:

Jawohl, sie habe kurz nach vier die Haustür geschlossen... Nein, sie habe das nicht immer getan, sondern nur an dem bewußten Nachmittag, weil sie wegen der «grauenvollen Anzeige» Angst gehabt habe. Es habe keinen Zweck gehabt, die Hintertür zu verschließen, weil Miss Blacklock und Miss Bunner diese stets benutzten, wenn sie die Hühner fütterten und sie abends in den Stall trieben, und auch Mrs. Haymes benutze gewöhnlich diese Tür, wenn sie von der Arbeit nach Hause käme.

«Mrs. Haymes sagt, sie habe die Tür verschlossen, als sie um halb sechs Uhr nach Hause kam.»

«Ah, und Sie ihr glauben... oh, natürlich, Sie ihr glauben...»

«Meinen Sie, wir sollten ihr nicht glauben?»

«Es ist doch egal, was ich meine! Sie mir doch nicht glauben.»

«Angenommen, wir gäben Ihnen Gelegenheit dazu? Sie glauben, daß Mrs. Haymes die Tür nicht abgeschlossen hat?»

«Ich glaube, daß Sie sich gehütet hat, es zu tun.»

«Was wollen Sie damit sagen?» fragte Craddock.

«Der junge Mann, er nicht hat gemacht allein... nein, er weiß, Tür wird sein offen für ihn... oh, ja, sehr bequem offen!»

«Was wollen Sie damit sagen?» wiederholte Craddock.

«Was hat Zweck das, was ich sagen? Sie werden nicht hören. Sie sagen, ich sei arme Flüchtlingsmädchen, das lügt. Sie sagen, daß blonde englische Dame, o nein, sie nicht lügen... sie ist gute Engländerin, sie so ehrlich. So Sie glauben ihr und nicht mir. Aber ich könnte sagen Ihnen, o ja, ich könnte sagen Ihnen!»

Zur Bekräftigung schlug sie mit einer Pfanne auf den Herd.

Craddock schwankte, ob er von ihrem Gerede, das lediglich auf Haß beruhen mochte, überhaupt Notiz nehmen sollte.

«Wir gehen allem nach, was uns gesagt wird», erklärte er schließlich.

«Ich werde Ihnen sagen überhaupt nichts. Warum soll ich? Ihr sein alle gleich, ihr verfolgen und verachten arme Flüchtling. Wenn ich sage Ihnen, daß wenn vor einer Woche der junge Mann gekommen ist, um Miss Blacklock um Geld zu bitten und sie ihn fortgeschickt hat ... wenn ich sage, daß ich nachher ihn habe gehört sprechen mit Mrs. Haymes ... ja, draußen in Gartenhäuschen ... Sie nur sagen, ich habe erfunden.»

Das wird wahrscheinlich auch der Fall sein, dachte Craddock, sagte aber laut:

«Sie konnten ja gar nicht hören, was im Gartenhäuschen gesprochen wurde.»

«Da Sie sich irren!» rief Mizzi triumphierend. «Ich war gewesen in Garten, um zu holen Brennessel ... man kann machen schöne Gemüse aus Brennessel, die andern das nicht glauben, aber ich koche Brennessel und sage nicht. Und ich höre beide sprechen in Häuschen. Er sagen ihr: ‹Aber wo kann ich mir verstecken?› Und sie sagt: ‹Ich dir werde zeigen›... und dann sie sagt: ‹Um Viertel nach sechs›, und ich denke: Aha! So eine bist du, du feine Dame! Nachdem du kommst zurück von Arbeit, du dir treffen mit eine Mann. Du ihn bringen in Haus. Ich werde aufpassen, denke ich, und hören, und dann ich werde sagen Miss Blacklock. Aber jetzt weiß ich, daß ich mich habe geirrt. Sie hat nicht vorgehabt Liebe mit ihm, es war Raub und Mord! Aber Sie werden sagen, ich all das habe erfunden. Böse Mizzi, Sie werden sagen, ich stecke sie in Gefängnis.»

Craddock überlegte – sie konnte das erfunden haben, es konnte aber auch wahr sein. Vorsichtig fragte er:

«Sind Sie sicher, daß es Rudi Schwarz war, mit dem sie sprach?»

«Aber natürlich! Ich habe gesehen, wie er zu Gartenhäuschen gegangen ist. Und Sie können sehen jetzt», fügte sie trotzig hinzu, «daß ich jetzt gehe in Garten und gucke, ob dort nicht sind hübsche junge grüne Brennessel.»

«Sie haben nur das, was Sie mir eben sagten, gehört?»

Mizzi nickte bekümmert.

«Die Miss Bunner, die mit die lange Nase, sie ruft mir und ruft mir. Mizzi! Mizzi! So habe ich in Haus gehen müssen. Oh, sie kann einen machen wütend, sie mischt sich immer in alles ein.»

«Warum sagten Sie mir das alles nicht schon neulich?» fragte Craddock streng.

«Weil ich mich nicht habe erinnert... ich nicht habe dran gedacht. Erst später habe ich gesagt zu mir, das war geplant damals... geplant mit ihr.»

«Sie sind ganz sicher, daß es Mrs. Haymes war?»

«O ja. Ich bin sicher, o ja, ich ganz sicher. Sie ist ein Dieb, die Mrs. Haymes, ein Dieb und Genossin von Diebe. Was sie kriegt für Arbeit in Garten ist nicht genug für so feine Dame, o nein!»

Tief in Gedanken versunken ging Craddock durch die Halle und wollte eine Tür öffnen, die aber verschlossen war.

Miss Bunner, die gerade die Treppe herunterkam, erklärte: «Diese Tür geht nicht auf, die nächste links ist die richtige. Man kann sich wirklich leicht irren mit diesen vielen Türen.»

«Ja, hier ist ja eine Tür neben der anderen», meinte Craddock und blickte sich um.

Liebenswürdig erklärte ihm nun Miss Bunner:

«Man kann sie leicht verwechseln, da sie direkt nebeneinander liegen. Ich habe auch schon einige Male die falsche zu öffnen versucht. Bis vor kurzem stand ein Tisch davor, aber den haben wir an die andere Wand geschoben.»

Craddock sah an der Tür die Spuren der Tischkante. Fast unbewußt fragte er:

«Wann ist der Tisch fortgestellt worden?»

«Da muß ich überlegen», antwortete sie. «Warten Sie... das war so vor zehn, vierzehn Tagen.»

«Warum wurde er denn fortgestellt?»

«Ich weiß es gar nicht mehr... wegen der Blumen glaube ich. Phillipa hatte dort eine große Vase hingestellt – sie arrangiert so wunderschön Blumen –, Herbstblumen in

67

prächtigen Farben und dazwischen Zweige, und wenn man dort vorbeiging, blieb man oft daran hängen. Und da sagte Phillipa: ‹Am besten stellt man den Tisch an die Wand gegenüber, das ist für die Blumen auch ein besserer Hintergrund als die Tür.›»

«Wohin führt denn die Tür, und warum ist sie immer verschlossen?» fragte Craddock, die Tür betrachtend.

«Es ist die Tür des kleinen Wohnzimmers; als aus den beiden Zimmern eins gemacht wurde, hat man diese hier verriegelt, da man ja nicht zwei Türen für ein Zimmer braucht.»

«Verriegelt?»

Craddock versuchte die Klinke.

«Ist sie nur zugeschlossen oder auch vernagelt?»

«Ich glaube, sie ist zugeschlossen und oben verriegelt.»

Er versuchte, den Riegel zu öffnen... er glitt ganz leicht zur Seite – zu leicht.

«Wann wurde die Tür zum letzten Mal benutzt?» fragte er.

«Ach, ich denke, vor Jahren. Jedenfalls ist sie, seitdem ich hier bin, nicht benutzt worden, das weiß ich bestimmt.»

«Wissen Sie, wo der Schlüssel ist?»

«In der Tischschublade; dort liegen viele Schlüssel, wahrscheinlich ist er dabei.»

Craddock öffnete die Schublade und sah in einer Ecke einen Haufen verrosteter Schlüssel liegen. Er entdeckte einen, der anders aussah als die andern, ging zur Tür und versuchte ihn... er paßte und drehte sich überraschend leicht. Er drückte die Klinke nieder... geräuschlos öffnete sich die Tür.

«Oh, geben Sie acht», rief Miss Bunner. «Auf der anderen Seite könnte etwas stehen, wir benutzen die Tür doch nie.»

«Meinen Sie?» sagte der Inspektor. Sein Gesicht war finster geworden, und nachdrücklich fügte er hinzu:

«Die Tür ist erst kürzlich benutzt worden, Miss Bunner, das Schloß und die Angeln sind frisch geölt!»

Offenen Mundes starrte sie ihn an, ihre törichten Augen waren weit aufgerissen.

«Aber wer kann das getan haben?» fragte sie.

«Genau das werde ich herausfinden!» antwortete Craddock.

10

Diesmal hörte Miss Blacklock ihm aufmerksamer zu. Sie war intelligent, und sie begriff sofort die Bedeutung seiner Entdeckung.

«Ja», meinte sie ruhig, «das ändert allerdings die Angelegenheit... Niemand hatte an der Tür etwas zu suchen.»

«Sie sehen doch ein, was das bedeutet», sagte der Inspektor eindringlich. «Als das Licht ausging, konnte an jenem Abend jeder der im Wohnzimmer Versammelten durch diese Tür hinausschlüpfen, sich hinter Schwarz schleichen und – schießen.»

Langsam entgegnete Miss Blacklock: «Und Sie glauben, daß einer meiner netten, harmlosen Nachbarn versucht hat, mich zu ermorden? Mich? Aber warum?»

«Meiner Ansicht nach müßten Sie die Antwort auf diese Frage selbst wissen, Miss Blacklock.»

«Aber ich weiß sie nicht, Herr Inspektor. Ich versichere Ihnen, ich weiß sie nicht!»

«Also, wollen wir versuchen, die Antwort zu finden. Wer wird Sie beerben?»

Widerstrebend antwortete sie: «Patrick und Julia. Die Hauseinrichtung habe ich Bunny vermacht und ihr außerdem eine kleine Jahresrente ausgesetzt. Ich werde ja nicht viel hinterlassen. Ich hatte Kapitalanlagen in Deutschland und Italien, die keinen Wert mehr haben, und von meinem Vermögen hier bleibt nach Abzug der Steuern nur noch wenig übrig. Es würde sich bestimmt nicht lohnen, mich zu ermorden.»

«Aber immerhin haben Sie doch ein Einkommen, Miss Blacklock? Und Ihr Neffe und Ihre Nichte würden das erben.»

«Also Patrick und Julia sollten versucht haben, mich zu

ermorden? Das ist unmöglich! Außerdem haben sie selber genug.»

«Wissen Sie das bestimmt?»

«Nein. Ich weiß nur, was die beiden mir erzählt haben. Aber trotzdem habe ich natürlich nicht den leisesten Verdacht gegen sie... Eines Tages könnte es sich allerdings lohnen, mich zu ermorden.»

«Was meinen Sie damit, daß es sich eines Tages lohnen könnte, Sie zu ermorden, Miss Blacklock?» hakte der Inspektor nach.

«Eines Tages, vielleicht bald, kann ich sehr reich werden.»

«Das klingt ja interessant. Wollen Sie mir das nicht näher erklären?»

«Aber gern. Ich war über zehn Jahre lang Sekretärin von Randall Goedler und war auch mit ihm befreundet.»

Das interessierte Craddock sehr. Randall Goedler war ein berühmter Finanzmann gewesen. Seine gewagten Spekulationen in großem Stil und seine theatralische Publizität hatten ihn zu einer Persönlichkeit gemacht, die man schwerlich vergaß. Er war 1937 oder 1938 gestorben, soweit Craddock sich erinnerte.

«Wahrscheinlich haben Sie von ihm gehört», sagte sie.

«O ja. Er war doch Millionär?»

«Mehrfacher... allerdings ging es bei ihm immer auf und ab. Oft setzte er in einem einzigen Coup mehr aufs Spiel, als er überhaupt besaß.»

Sie erklärte das mit einer gewissen Begeisterung, ihre Augen leuchteten.

«Jedenfalls war er bei seinem Tod sehr reich. Er hatte keine Kinder und hat die Nutznießung seines Vermögens seiner Frau vermacht... nach ihrem Tod werde ich das ganze Vermögen erben... In den letzten zwölf Jahren», fügte sie leicht zwinkernd hinzu, «hätte ich also ein ausgesprochenes Interesse daran gehabt, Mrs. Goedler zu ermorden... doch diese Kenntnis nutzt Ihnen nicht viel, nicht wahr?»

«Entschuldigen Sie die Frage, aber... war Mrs. Goedler nicht böse über das Testament ihres Mannes?»

Miss Blacklock blickte nun ausgesprochen amüsiert drein.

«Sie brauchen gar nicht so diskret zu sein. Sie möchten doch wissen, ob ich Randall Goedlers Geliebte war? Nein, das war ich nicht. Ich glaube nicht, daß Randall je nur der Gedanke gekommen wäre, und von mir kann ich Ihnen bestimmt sagen, daß ich nie auch nur im Traum daran gedacht habe. Er liebte nur Belle – seine Frau –, und er liebte sie bis zu seinem Tode. Wahrscheinlich wollte er mir auf diese Art seine Dankbarkeit bezeugen. Wissen Sie, Herr Inspektor, zu Beginn seiner Laufbahn stand er nämlich einmal dicht vor dem Ruin, obwohl es sich nur um ein paar tausend Pfund Bargeld handelte. Es war ein großer Coup, es war höchst aufregend, es war tollkühn wie all seine Spekulationen, aber gerade dies bißchen Bargeld fehlte ihm, um ihn über Wasser zu halten. Ich hatte etwas Vermögen und stellte ihm das Geld zur Verfügung... eine Woche später war er ein enorm reicher Mann. Von da an behandelte er mich mehr oder weniger als seine Partnerin. Ja, das waren aufregende Zeiten!»

Sie seufzte und schien eine Zeitlang in Gedanken an verflossene Tage versunken.

«Ich habe das genossen. Dann starb mein Vater, und meine einzige Schwester blieb hoffnungslos krank zurück. Ich mußte alles aufgeben und sie pflegen. Zwei Jahre später starb Randall. Ich hatte während unserer Zusammenarbeit ein ganz schönes Vermögen gemacht und hatte gar nicht erwartet, daß er mir etwas hinterließe, aber ich war zutiefst gerührt und sehr stolz, als ich erfuhr, daß ich, wenn Belle vor mir stürbe, sein ganzes Vermögen erben würde. Ich glaube, der arme Mann wußte einfach nicht, wem er es vermachen sollte. Belle ist eine entzückende Frau, und sie war richtig froh über sein Testament. Sie ist so lieb. Sie lebt in Schottland, ich habe sie seit Jahren nicht mehr gesehen, wir schreiben uns nur zu Weihnachten. Gerade vor dem Krieg ging ich mit meiner Schwester in ein Sanatorium in die Schweiz... sie ist dort an einer Lungenentzündung gestorben.»

Sie schwieg einen Augenblick, dann fügte sie hinzu:

«Erst vor einem Jahr bin ich nach England zurückgekehrt.»

«Sie sagten, Sie könnten sehr bald eine reiche Frau werden... wie bald?»

«Ich hörte von Belles Krankenschwester, daß sich ihr Zustand rapide verschlechtere. Es kann also schon in ein paar Wochen der Fall sein.»

Wieder seufzte sie, diesmal weniger erinnerungsselig denn traurig.

«Das Geld wird mir jetzt nicht mehr viel bedeuten. Ich habe genug für meine bescheidenen Bedürfnisse. Früher wäre es ein Vergnügen für mich gewesen, große Transaktionen durchzuführen, aber jetzt... man wird alt. Aber Sie sehen doch ein, Herr Inspektor, daß, wenn Patrick und Julia mich aus finanziellen Gründen ermorden wollten, die beiden wahnsinnig wären, damit nicht noch einige Wochen zu warten?»

«Das schon, Miss Blacklock, aber was würde geschehen, wenn Sie vor Mrs. Goedler stürben? Wer würde dann das Geld erben?»

«Das habe ich mir eigentlich nie überlegt... Pip und Emma, nehme ich an...»

Craddock starrte sie verblüfft an, und sie lächelte.

«Das klingt wohl verrückt? Ich glaube, wenn ich vor Belle stürbe, würden die legalen Nachkommen – oder wie der juristische Ausdruck lautet – von Sonja, Randalls einziger Schwester, das Vermögen erben. Randall hatte sich mit seiner Schwester entzweit, weil sie einen Mann geheiratet hatte, den er für einen Gauner, für einen Lumpen hielt.»

«War er ein Gauner?»

«O ja, das kann man wohl sagen. Aber die Frauen waren vernarrt in ihn. Er war ein Grieche oder ein Rumäne oder so etwas Ähnliches... wie hieß er nur... Stamfordis, Dimitri Stamfordis.»

«Hat Goedler seine Schwester enterbt, als sie den Mann heiratete?»

«Sonja besaß selbst ein beträchtliches Vermögen. Aber ich glaube, daß er, als der Notar ihn drängte, einen Nacherben

72

einzusetzen, falls ich vor Belle stürbe, widerstrebend Sonjas Nachkommen als Erben bestimmte, weil er einfach nicht wußte, wem er das Vermögen hinterlassen sollte. Es lag ihm nicht, Wohltätigkeitsinstitutionen etwas zu vermachen.»

«Und die Schwester hatte Kinder aus ihrer Ehe?»

«Ja, Pip und Emma.»

Sie lachte.

«Das klingt komisch. Ich weiß nur, daß Sonja ein einziges Mal nach ihrer Hochzeit an Belle schrieb und sie bat, Randall auszurichten, daß sie überglücklich sei und gerade Zwillinge bekommen habe, die sie Pip und Emma nenne. Soviel ich weiß, hat sie nie wieder geschrieben. Aber sicher wird Belle mehr wissen.»

Miss Blacklock war von ihrem Bericht offensichtlich amüsiert, aber der Inspektor blickte gar nicht amüsiert drein.

«Also es ist so», sagte er, «daß es, wenn Sie neulich ermordet worden wären, vermutlich wenigstens zwei Menschen auf der Welt gäbe, die ein Riesenvermögen geerbt hätten. Sie irren sich, Miss Blacklock, wenn Sie sagen, niemand sei an Ihrem Tod interessiert. Mindestens zwei Menschen gibt es, die ein ungemeines Interesse daran haben... Wie alt müßten diese Zwillinge jetzt sein?»

Sie runzelte die Stirn.

«Ich muß überlegen... 1922... nein, ich kann mich nicht mehr recht erinnern... ich denke, so fünfundzwanzig bis sechsundzwanzig Jahre.»

Ihr Gesicht hatte sich verdüstert. «Aber Sie glauben doch nicht...»

«Ich glaube, daß jemand mit der festen Absicht, Sie zu töten, auf Sie geschossen hat, und ich halte es für möglich, daß derselbe Mensch oder dieselben Menschen den Versuch wiederholen werden. Ich möchte Sie bitten, Miss Blacklock, sehr vorsichtig zu sein. Ein Mordversuch wurde unternommen und ist mißlungen. Ich halte es für möglich, daß dieser Mordversuch sehr bald wiederholt wird.»

Phillipa Haymes richtete sich auf und strich eine Haarsträhne aus ihrer feuchten Stirn. Sie war gerade dabei, ein Blumenbeet zu jäten.

«Ja, was ist, Herr Inspektor?»

Fragend blickte sie ihn an.

Er betrachtete sie genauer als bisher. Sie sah gut aus, fand er, sehr englisch mit ihrem schmalen Gesicht, den klaren blauen Augen, dem energischen Kinn und Mund und dem aschblonden Haar. Offensichtlich war sie ein Mensch, der sehr wohl ein Geheimnis hüten konnte.

«Es tut mir leid, daß ich Sie immer bei Ihrer Arbeit stören muß, Mrs. Haymes», entschuldigte er sich, «aber ich dachte, es sei besser, hier und nicht in Little Paddocks mit Ihnen zu sprechen.»

«Ja, bitte, Herr Inspektor?»

Ihre Stimme klang gleichmütig; trotzdem glaubte er, einen müden Unterton zu hören, war aber nicht sicher, ob das nicht nur Einbildung von ihm war.

«Heute morgen wurde mir etwas mitgeteilt, was Sie betrifft.»

Phillipa zog ein wenig die Brauen hoch.

«Sie sagten mir, Mrs. Haymes, daß Ihnen dieser Rudi Schwarz völlig unbekannt gewesen sei.»

«Ja.»

«Daß Sie ihn zum ersten Mal in Ihrem Leben gesehen haben, als er tot in der Halle lag. Ist das nicht so?»

«Ja, ich habe ihn nie vorher gesehen.»

«Sie hatten also nie eine Unterredung mit ihm im Gartenhäuschen von Little Paddocks?»

«Im Gartenhäuschen!»

Ihre Stimme kam ihm ängstlich vor.

«Jawohl, Mrs. Haymes.»

Einen Augenblick herrschte Schweigen, dann stieß Phillipa ein kurzes, verächtliches Lachen aus und blickte spöttisch drein.

«Ich weiß nicht, wer Ihnen diesen Bären aufgebunden hat», erwiderte sie. «Ich kann es mir allerdings denken. Es ist eine plumpe, blöde Lüge, ziemlich gehässig. Aus irgendeinem Grund verabscheut Mizzi mich noch mehr als die andern.»

«Sie bestreiten es also?»

«Natürlich stimmt es nicht ... ich habe diesen Schwarz nie in meinem Leben gesehen, und an dem Morgen war ich überhaupt nicht im Haus, sondern habe hier gearbeitet.»

«An welchem Morgen?» fragte Craddock sanft...

Ihre Augenlider zuckten, und erst nach einem Augenblick antwortete sie:

«An jedem Morgen. Ich bin ja jeden Morgen hier und gehe erst um ein Uhr fort.» Verächtlich fügte sie hinzu: «Sie müssen von Mizzis Erzählungen keine Notiz nehmen, ihr täte die Zunge weh, wenn sie ein wahres Wort sagte.»

Im Garten des Pfarrhauses saß Miss Marple strickend neben dem Inspektor. Es war ein milder Herbsttag, und der Sonnenschein, der Friede, das stete Klicken der Stricknadeln übten eine fast einschläfernde Wirkung auf Craddock aus. Doch gleichzeitig fühlte er sich wie von einem Alptraum bedrückt.

Plötzlich sagte er: «Sie sollten nicht hierbleiben.»

Das Klicken der Stricknadeln hörte für einen Augenblick auf. Miss Marple blickte ihn aus ihren ruhigen blauen Augen nachdenklich an und entgegnete schließlich:

«Ich verstehe Sie. Sie sind ein sehr gewissenhafter Mann. Aber es ist gar nicht auffallend, daß ich hier bin. Bunchs Eltern sind gute alte Freunde von mir. Also ist es das Natürlichste von der Welt, daß ich, wenn ich in Medenham bin, zu Bunch auf Besuch komme.»

«Das schon», sagte er. «Aber... zeigen Sie nicht zuviel Interesse... ich habe so ein dumpfes Gefühl. Nein, mehr als das, ich glaube, Sie sind hier im Dorf nicht sicher.»

Da die frisch geölte Tür ein Beweis für ihn war, daß mindestens einer der Gäste Letitia Blacklocks an jenem Abend keineswegs ein harmloser, freundlich gesinnter Nachbar war, hegte er wirklich Befürchtungen für Miss

75

Marple, die alt war, so zerbrechlich wirkte und eine so scharfe Beobachtungsgabe besaß.

Voll Sorge erzählte er nun Miss Marple von Goedler und von Pip und Emma.

«Es sind nur zwei Namen», sagte er, «dazu noch Spitznamen! Es ist möglich, daß die beiden überhaupt nicht mehr leben oder als respektable Bürger irgendwo in Europa sitzen; es kann aber auch sein, daß einer oder beide hier in Chipping Cleghorn sind.»

Ungefähr fünfundzwanzig Jahre alt... auf wen träfe das zu?

Laut denkend sagte er:

«Ihr Neffe und ihre Nichte... wie lange hatte sie die beiden nicht gesehen?»

«Soll ich das für Sie herausfinden?» fragte Miss Marple freundlich.

«Bitte, Miss Marple, ich möchte nicht...»

«Das ist ganz einfach für mich, Herr Inspektor, deswegen brauchen Sie sich keine Sorgen zu machen. Und es wird auch nicht auffallen, wenn ich diese Erkundigungen einziehe, denn das ist nicht amtlich. Wenn nämlich irgend etwas nicht stimmen sollte, dürfte man die beiden nicht warnen.»

Pip und Emma, dachte Craddock, Pip und Emma? Er war schon ganz besessen von diesen beiden Namen. Dieser verwegene, gutaussehende junge Mann, dieses hübsche Mädchen mit den kühlen Augen...

Er sagte: «Ich werde vermutlich in den nächsten achtundvierzig Stunden einiges über Pip und Emma herauskriegen. Ich fahre nach Schottland. Wenn Mrs. Goedler überhaupt noch sprechen kann, wird sie mir etwas erzählen.»

«Ich finde das sehr vernünftig, daß Sie zu ihr fahren.»

Sie stockte einen Augenblick, dann murmelte sie: «Sie haben doch Miss Blacklock ermahnt, vorsichtig zu sein?»

«Ja, das habe ich getan. Und ich werde sie von einem meiner Leute unauffällig bewachen lassen.»

Dann blickte er sie durchdringend an und fügte hinzu: «Und denken Sie daran, ich habe auch Sie gewarnt.»

«Ich kann Ihnen versichern, Herr Inspektor, daß ich sehr gut selbst auf mich aufpassen kann.»

11

Mrs. Harmond kam zu Letitia Blacklock zum Tee und brachte eine alte Dame mit, die für einige Zeit bei ihr zu Besuch weilte.

Miss Marple war sehr charmant in ihrer freundlichen, leicht geschwätzigen Art, und es zeigte sich bald, daß sie zu jenen alten Damen gehörte, die in ständiger Furcht vor Einbrechern leben.

«Dieser Überfall bei Ihnen muß doch entsetzlich gewesen sein», sagte sie. «Bunch hat mir alles erzählt.»

«Ich war zu Tode erschrocken», erklärte Bunch.

«Es scheint wirklich ein Akt der Vorsehung gewesen zu sein», fuhr Miss Marple fort, «daß der Kerl über seinen Mantel stolperte und sich dabei selbst erschoß. Diese Einbrecher sind heutzutage so gewalttätig. Wie ist er eigentlich ins Haus gekommen?»

«Bei uns ist die Tür meist offen», erwiderte Miss Blacklock.

«O Letty!» rief nun Miss Bunner aufgeregt. «Ich habe ganz vergessen, dir zu erzählen, daß der Inspektor heute morgen höchst merkwürdig war. Er bestand darauf, die zweite Tür zu öffnen – die zum Nebenraum, die seit Jahren verschlossen war. Und er sagte dann, die Türangel und das Schloß seien frisch geölt. Aber ich verstehe gar nicht, wieso...»

Zu spät merkte sie, daß Miss Blacklock ihr durch Zeichen Schweigen bedeutete, und einen Augenblick saß sie mit weit-aufgerissenem Mund da.

Dann stieß sie hervor: «Oh, Lotty... ach, entschuldige, bitte, Letty... oh, mein Gott, wie dumm bin ich doch!»

«Es macht gar nichts», sagte Miss Blacklock, doch offensichtlich war sie ärgerlich. «Ich glaube aber, daß Inspektor Craddock nicht haben will, daß man darüber spricht.»

Miss Bunner fuchtelte nervös mit den Händen, blickte unglücklich drein und rief schließlich:

«Immer sage ich das Falsche... mein Gott, ich bin ja nur eine Last für dich, Letty.»

«Im Gegenteil, Dora, du bist ein großer Trost für mich», widersprach Miss Blacklock rasch. «Und in einem kleinen Nest wie Chipping Cleghorn kann ja sowieso nichts verborgen bleiben.»

«Hat der Überfall in diesem Zimmer hier stattgefunden?» fragte nun Miss Marple und fügte dann entschuldigend hinzu: «Sie werden mich bestimmt für schrecklich neugierig halten, Miss Blacklock, aber es ist so aufregend... so etwas liest man doch sonst nur in der Zeitung... und jetzt kann ich es an Ort und Stelle erfahren... Sie verstehen wohl, was ich meine...»

Mitten in diese Unterhaltung platzte Patrick herein, und gutmütig beteiligte er sich an der Berichterstattung; er ging sogar so weit, die Rolle von Rudi Schwarz zu spielen.

«Und Tante Letty stand dort», erklärte er, «in der Ecke neben dem Türbogen... stell dich doch dorthin, Tante Letty.»

Miss Blacklock gehorchte, und dann wurden Miss Marple die zwei Kugeleinschläge in der Wand gezeigt. «Ich wollte gerade meinen Gästen Zigaretten anbieten...», sagte Miss Blacklock und deutete auf die silberne Zigarettendose auf dem Tisch.

«Die Leute sind so nachlässig beim Rauchen», bemerkte Dora Bunner mißbilligend. «Schauen Sie sich doch diesen furchtbaren Brandfleck an! Jemand hat seine brennende Zigarette hier auf diesen schönen Tisch gelegt... es ist doch eine Schande!»

Miss Blacklock sagte: «Ich finde, daß man zu oft zu sehr an seinen Besitz denkt.»

«Aber es ist doch ein so entzückender Tisch, Letty!»

Miss Bunner liebte die Besitztümer ihrer Freundin sehr.

«Ja, es ist wirklich ein entzückender Tisch», meinte Miss Marple höflich. «Und wie hübsch ist diese Porzellanlampe!»

Dora Bunner nahm das Kompliment entgegen, als sei sie und nicht Letitia Blacklock die Besitzerin.

«Ist sie nicht reizend? Echt Meißen. Wir haben zwei, die andere ist im Abstellraum, glaube ich.»

«Du weißt wirklich, wo alles hier im Haus ist, Dora, oder glaubst es wenigstens zu wissen», sagte Miss Blacklock gutmütig. «Du hängst mehr an meinen Sachen als ich.»

«Ich muß gestehen», sagte nun Miss Marple, «daß auch ich an meinen wenigen Besitztümern sehr hänge ... es sind so viele Erinnerungen damit verknüpft, verstehen Sie. Und ich liebe vor allem mein Fotografie-Album. Ich habe Bilder von meinen Neffen und Nichten als Babys, dann als Kinder und so weiter.»

Jetzt wandte sie sich an Patrick.

«Ihre Tante wird wohl viele Fotografien von Ihnen haben?»

«Wir sind ja nur weitläufig miteinander verwandt», erklärte Patrick.

«Ich glaube, deine Mutter schickte mir einmal ein Bild von dir als Säugling, Pat», sagte Miss Blacklock. «Aber leider habe ich es nicht aufbewahrt. Ich hatte überhaupt vergessen, wie viele Kinder es waren; sogar eure Namen. Das alles erfuhr ich erst wieder, als sie mir schrieb, daß ihr beide hier in der Gegend seid.» Und erklärend fügte sie hinzu: «Pats und Julias Mutter sah ich zum letztenmal bei ihrer Hochzeit, das war vor dreißig Jahren. Sie war ein bildhübsches Mädchen.»

«Darum hat sie auch so bildhübsche Kinder», sagte Patrick lachend.

«Du hast ein schönes altes Fotoalbum», bemerkte Julia. «Neulich haben wir es doch noch zusammen angesehen, Tante Letty. Diese komischen Hüte!»

«Und wie elegant kamen wir uns damals vor», sagte Miss Blacklock.

«Hast du das mit Fleiß getan?» fragte Bunch, als sie und Miss Marple nach Hause gingen. «Ich meine, daß du von den Fotos angefangen hast?»

«Weißt du, mein Kind, es war interessant zu erfahren, daß

Miss Blacklock weder ihren Neffen noch ihre Nichte je vorher gesehen hatte... jawohl, ich glaube das wird Inspektor Craddock sehr interessieren.»

12

Edmund Swettenham setzte sich vorsichtig auf eine Rasenmähmaschine und sagte: «Guten Morgen, Phillipa!»

«Guten Morgen.»

«Haben Sie viel zu tun?»

«Warum? Was wollen Sie denn?» lautete Phillipas kühle Gegenfrage.

«Ich wollte Sie sehen.»

Philippa warf ihm einen flüchtigen Blick zu.

«Es wäre mir lieber, Sie kämen nicht hierher, Mrs. Lucas wird nicht begeistert davon sein.»

«Gestattet sie nicht, daß Sie Verehrer haben?»

«Seien Sie nicht albern! Und gehen Sie jetzt bitte fort, Edmund, Sie haben hier nichts zu suchen.»

«Verdammt noch mal, Phillipa, warum sind Sie denn so? Was geht hinter Ihrer wunderschönen Stirn vor? Was denken Sie? Was empfinden Sie? Sind Sie glücklich oder unglücklich? Haben Sie Angst, oder was ist los? Es muß doch irgend etwas sein!»

«Was ich empfinde, ist meine Privatangelegenheit», entgegnete sie ruhig.

«Nein, das geht auch mich etwas an. Ich will Sie zum Sprechen bringen. Ich will wissen, was in Ihrem ruhigen Kopf vorgeht. Ich habe ein Recht darauf, es zu wissen... ja, wirklich. Ich wollte mich nicht in Sie verlieben, ich wollte ruhig zu Hause sitzen und mein Buch schreiben. Es ist ein schönes Buch, es soll zeigen, wie jämmerlich die Welt ist. Aber jetzt kann ich nur noch an Sie denken.»

«Also, was wollen Sie?»

«Sie sollen reden! Sie sollen mir Ihr Herz ausschütten! Sie

sind jung, Sie sind entzückend, und ich liebe Sie bis zum Wahnsinn. Reden Sie in Gottes Namen von Ihrem Mann, erzählen Sie mir von ihm.»

«Da gibt es nichts zu erzählen. Wir haben uns kennengelernt, und wir haben geheiratet.»

«Waren Sie nicht glücklich mit ihm? Erzählen Sie doch, Phillipa!»

«Es gibt nichts zu erzählen, ich sagte es Ihnen schon. Wir waren verheiratet, wir waren glücklich, so wie die meisten Eheleute es sind, nehme ich an. Harry, unser Kind, kam auf die Welt. Ronald ging an die Front... er ist in Italien gefallen.»

«Ich habe Harry gern, er ist ein reizender Junge», erklärte Edmund, «und er hat auch mich gern. Und Sie und ich, wir verstehen uns doch. Wie wär's, Phillipa, wollen wir nicht heiraten? Sie könnten weiterhin Gärtnerin spielen, und ich könnte mein Buch weiterschreiben, und sonn- und feiertags lassen wir die Arbeit und genießen gemeinsam das Dasein. Mit List und Tücke und Takt werden wir es schaffen, daß wir nicht bei meiner Mutter wohnen müssen. Sie wird ein bißchen bluten müssen, um ihren geliebten Sohn zu unterstützen. Ich weiß, ich bin ein Schmarotzer, ich schreibe schlechte Bücher, ich bin kurzsichtig, und ich rede zuviel... Wollen Sie es nicht mit mir versuchen?»

Phillipa betrachtete ihn. Da stand er, ein großer junger Mann mit zerzaustem flachsfarbenem Haar und einer großen Brille, und blickte sie feierlich, flehend an.

«Nein!» entgegnete sie.

«Endgültig nein?»

«Endgültig nein!»

«Warum?»

«Sie wissen ja gar nichts von mir.»

«Ist das der einzige Grund?»

«Nein. Sie wissen ja überhaupt nichts.»

Edmund überlegte.

«Vielleicht haben Sie recht», stimmte er schließlich zu. «Aber wer weiß überhaupt etwas? Phillipa, Liebling...»

Er hielt inne, denn eilig sich nähernde Schritte wurden vernehmbar.

«Mrs. Lucas kommt ...», flüsterte Phillipa hastig.

«Verdammt!» zischte Edmund. «Geben Sie mir so einen blöden Kürbis!»

Sergeant Fletcher war allein im Hause Little Paddocks. Er wollte einmal in Ruhe das Haus durchsuchen und ging von Zimmer zu Zimmer.

Da wurde er durch ein Geräusch von unten gestört.

Rasch schlich er zum Treppengeländer und blickte hinunter.

Mrs. Swettenham ging mit einem Korb in der Hand gemütlich durch die Halle. Erst sah sie ins Wohnzimmer, dann trat sie ins Eßzimmer. Einige Augenblicke später kam sie ohne den Korb wieder heraus.

Eine Diele knarrte unter Fletchers Füßen, woraufhin sie den Kopf wandte und rief:

«Sind Sie es, Miss Blacklock?»

«Nein, Mrs. Swettenham, ich bin's», antwortete Fletcher.

Sie stieß einen schwachen Schrei aus.

«Mein Gott, wie haben Sie mich erschreckt. Ich dachte, es sei wieder ein Einbrecher.»

Fletcher ging die Treppe hinunter.

«Das Haus scheint aber nicht gegen Einbrecher geschützt zu sein», sagte er. «Kann jedermann so wie Sie hier ein und aus gehen?»

«Ich habe Quitten gebracht», erklärte sie. «Miss Blacklock will Quittenconfitüre machen. Ich habe den Korb ins Eßzimmer gestellt.»

Plötzlich lächelte sie.

«Ah, Sie möchten wissen, wie ich ins Haus gekommen bin? Einfach durch die Hintertür. Wir alle gehen in allen Häusern ein und aus, niemand denkt daran, vor Einbruch der Dunkelheit sein Haus abzuschließen.»

Nun ging sie zur Haustür.

«Ich will Sie nicht aufhalten, Sergeant.»

Mrs. Swettenham verließ das Haus, und Fletcher war zumute, als hätte er einen Schlag auf den Kopf erhalten. Bisher hatte er angenommen, daß nur die Hausbewohner Gelegenheit gehabt hätten, die Tür zu ölen. Er sah nun ein, daß er sich geirrt hatte. Ein Fremder brauchte nur darauf zu warten, bis Mizzi mit dem Bus davongefahren war und die Damen Blacklock und Bunner das Haus verlassen hatten. Das hieß also, daß jeder der beim Überfall Anwesenden die Tür geölt haben konnte.

«Amy!»

«Ja, Martha?»

«Ich habe nachgedacht.»

«Ja, Martha?»

«Jawohl, mein fabelhaftes Gehirn hat gearbeitet. Weißt du, Amy, dieser ganze Überfall kommt mir höchst verdächtig vor.»

«Verdächtig?»

«Jawohl. Streich dir dein Haar aus der Stirn, Amy, und nimm diese Kelle in die Hand. Tu so, als sei sie ein Revolver.»

«Oh!» stieß Miss Murgatroyd entsetzt hervor.

«Keine Angst, die Kelle beißt dich nicht. Also, jetzt komm mit mir zur Küchentür. Du bist der Einbrecher... du stehst hier... jetzt machst du die Tür auf und hältst einen Haufen Idioten in Schach... nimm die Taschenlampe... knipse sie an!»

«Aber es ist doch heller Tag!»

«Laß deine Phantasie spielen, Amy... knipse die Taschenlampe an!»

Amy tat es, sehr ungeschickt, und während sie es tat, klemmte sie die Kelle unter den Arm.

«Schön», sagte Martha. «Also, jetzt fang an!»

Gehorsam hob Amy ihre linke Hand mit der Taschenlampe, fuchtelte mit der Kelle, die sie in der rechten Hand hielt, in der Luft herum und ging zur Küchentür. Dann nahm sie die Lampe in die rechte Hand, öffnete die Tür, trat auf die Schwelle und nahm die Lampe wieder in die linke.

«Hände hoch!» rief sie mit zittriger Stimme und fügte dann ärgerlich hinzu: «Mein Gott, das ist aber schwierig, Martha.»

«Wieso?»

«Ich kann doch die Tür nicht aufhalten, wenn ich beide Hände voll habe.»

«Da liegt der Hund begraben!» rief Martha dröhnend. «Die Wohnzimmertür in Little Paddocks fällt auch wieder ins Schloß, wenn man sie nicht aufhält.»

«Vielleicht hat der Einbrecher etwas zwischen die Tür gesteckt, um sie offenzuhalten», mutmaßte Amy stirnrunzelnd.

«Streng dein Hirn an, Amy! Meinst du, er reißt die Tür auf, sagt: ‹Entschuldigen Sie bitte einen Moment!›, bückt sich, klemmt etwas zwischen die Tür, richtet sich wieder auf und ruft schließlich: ‹Hände hoch!›... Versuch doch, die Tür mit deiner Schulter aufzuhalten.»

«Das geht auch nur sehr schwer», klagte Amy.

«Da liegt der Hase im Pfeffer!» Martha war ganz begeistert. «Ein Revolver, eine Lampe und eine Tür halten, das ist ein bißchen viel auf einmal, nicht wahr? Aber wir wissen, daß er einen Revolver hatte, er hat ja geschossen, und wir wissen, daß er eine Lampe hatte, denn wir haben sie ja alle gesehen... es erhebt sich also die Frage, ob jemand die Tür für ihn aufgehalten hat?»

«Aber wer könnte das getan haben?»

«Du zum Beispiel, Amy. Soweit ich mich erinnere, hast du direkt neben der Tür gestanden, als das Licht ausging.»

Miss Hinchliffe lachte über Amys verdutztes Gesicht.

«Das ist höchst merkwürdig!» knurrte Colonel Easterbrook.

«Höchst merkwürdig... Laura!»

«Ja, Liebling?»

«Komm bitte her!»

«Ja, was ist, Liebling?» flötete Mrs. Easterbrook, ins eheliche Schlafgemach tretend.

«Du erinnerst dich doch noch, daß ich dir meinen Revolver gezeigt habe?»

«O ja, Archie, so ein gräßliches schwarzes Instrument.»

«Jawohl, ein Andenken an die Deutschen. Er lag doch hier in der Schublade, nicht wahr?»

«Ja.»

«Aber er ist nicht mehr da.»

«Archie, wie *merkwürdig*!»

«Du hast ihn doch nicht irgendwo anders hingelegt?»

«Um Gottes willen, nein! Ich würde doch nie dieses gräßliche Ding anrühren!»

«Aber wo ist er?»

«Woher soll ich das wissen?» fragte sie kläglich.

«Großer Gott! Dieser Kerl hat ihn gestohlen!»

«Aber wieso konnte er denn wissen, daß du einen Revolver hast?»

«Diese Gangsterbanden haben einen ausgezeichneten Nachrichtendienst. Sie schnüffeln überall herum, sie kennen jedes Haus.»

«Was du nicht alles weißt, Archie!»

13

Miss Marple kam aus dem Garten des Pfarrhauses und ging den schmalen Weg entlang, der zur Hauptstraße führte, wo sie gerade Dora Bunner in das Café «Zum Blauen Vogel» eintreten sah. Miss Marple fand, daß sie gegen die herrschende Kälte dringend eine Tasse Kaffee benötigte.

Vier, fünf Damen saßen bereits im Café und erholten sich von der Anstrengung des morgendlichen Einkaufs.

Miss Marple blinzelte ein bißchen, als sie den düsteren Raum betrat, und blieb scheinbar unschlüssig stehen, bis Dora Bunners Stimme neben ihr ertönte.

«Guten Morgen, Miss Marple. Wollen Sie sich nicht zu mir setzen? Ich bin allein.»

«Gern. Es weht ein so kalter Wind, und ich kann nur ganz langsam gehen, weil ich Rheumatismus in den Beinen habe.»

«Oh, ich kann Ihnen nachfühlen, wie schlimm das ist. Ich hatte ein Jahr lang Ischias. Es war eine Qual.»

Die beiden Damen sprachen nun eine Weile eifrig über Rheumatismus, Ischias und ähnliche Gebrechen.

Ein etwas mißmutig aussehendes Mädchen in einem rosa Kleid und einer blaugeblümten Schürze nahm ihre Bestellung von Kaffee und Kuchen mit gelangweilter Miene entgegen.

«Die Kuchen», vertraute Miss Bunner mit konspirativem Flüstern Miss Marple an, «sind hier wirklich *außerordentlich* gut.»

«Ich war sehr angetan von dem hübschen jungen Mädchen, das ich neulich traf, nachdem ich bei Miss Blacklock war», sagte Miss Marple. «Ich glaube, sie sagte, sie arbeite im Garten. Hynes – ist so ihr Name?»

«Oh, ja, Phillipa Haymes. Unsere ‹Untermieterin›, wie wir immer sagen.»

Miss Bunner lachte über ihren eigenen Scherz.

«Wirklich ein ganz reizendes Mädchen. Eine *Dame*, wenn Sie verstehen, was ich meine.»

«Das wundert mich nicht. Ich kannte einen Colonel Haymes – indische Kavallerie. Ihr Vater vielleicht?»

«Sie ist eine *Mrs.* Haymes. Witwe. Ihr Mann ist auf Sizilien oder sonst irgendwo in Italien gefallen. Aber vielleicht war es ja *sein* Vater.»

«Na, da spinnt sich vielleicht eine kleine Romanze an?» vermutete Miss Marple errötend. «Mit diesem großen jungen Mann?»

«Mit Patrick, meinen sie? Oh, ich weiß nicht –»

«Nein, ich meinte einen jungen Mann mit Brille. Ich sah ihn neulich.»

«Oh, natürlich, Edmund Swettenham! Tja – seine Mutter, Mrs. Swettenham, sitzt übrigens dort drüben in der Ecke. Tja, also, ich weiß nicht. Sie glauben, er verehrt sie? Er ist ein so seltsamer junger Mann – sagt manchmal die verwirrendsten Dinge. Aber er gilt als sehr klug, verstehen Sie», sagte Miss Bunner mit leichtem Zweifel in der Stimme.

«Klugheit ist nicht alles», erwiderte Miss Marple, nachdenklich den Kopf schüttelnd. «Ah, da ist ja unser Kaffee.»

Das mürrische Mädchen servierte ihn mit heftigem Geklirr.

Dann sagte Miss Marple: «Ich hatte gar nicht gewußt, daß Sie eine Schulfreundin von Miss Blacklock sind. Das ist eine wunderbare Sache, Freundschaften aus der Kindheit.»

«Jawohl.» Dora Bunner seufzte. «Es gibt nur wenige Menschen, die so treu zu alten Freunden halten wie meine liebe Letitia. Mein Gott, wie lange liegt das schon zurück! Sie war ein so hübsches Mädchen und genoß das Leben so sehr. Und dann wurde alles so traurig.»

Obwohl Miss Marple keine Ahnung hatte, was so traurig gewesen war, nickte sie seufzend und murmelte:

«Ja, das Leben ist manchmal schwer!»

«Schweres Leiden tapfer ertragen», murmelte nun Dora mit Tränen in den Augen, «an diesen Vers muß ich immer denken. So viel Ergebenheit und Geduld muß belohnt werden, das sage ich immer. Nichts ist zu gut für die liebe Letitia, und was immer ihr noch Gutes beschieden wird, das verdient sie.»

«Ja, Geld kann einem das Leben sehr erleichtern», sagte daraufhin Miss Marple – sie nahm an, daß sich Doras Bemerkung auf die Miss Blacklock bevorstehende Erbschaft bezog.

Diese Worte riefen bei Dora jedoch eine unerwartet heftige Reaktion hervor.

«Geld!» stieß sie bitter hervor. «Was Geld wirklich bedeutet, weiß man nur, wenn man unter Geldmangel gelitten hat.»

«O ja, das verstehe ich», sagte Miss Marple freundlich und betrachtete mitfühlend Doras zuckendes Gesicht.

«Ich schrieb an Letty», erzählte nun Dora, «weil ich zufällig ihren Namen in der Zeitung las; sie hatte an einem Wohltätigkeitsbasar zugunsten des Krankenhauses Milchester teilgenommen. Das brachte mir die Vergangenheit in Erinnerung. Ich hatte viele, viele Jahre nichts mehr von ihr gehört. Wissen Sie, sie war Sekretärin dieses immens reichen Mannes Goedler gewesen. Ich sagte mir, vielleicht erinnert sie sich an mich . . . und sie ist bestimmt ein Mensch, den ich um eine kleine Unterstützung angehen könnte.»

Wieder stiegen Dora Tränen in die Augen.

«Und dann kam Lotty und nahm mich mit. Sie sagte, sie brauche eine Hilfe zur Führung ihres Haushalts. Natürlich war ich sehr überrascht... sehr überrascht. Und wie lieb war sie, wie mitfühlend. Und sie erinnerte sich noch so gut an die alten Zeiten... Ach, ich würde alles für sie tun, alles! Und ich bemühe mich so sehr, ihr zu helfen, aber ich fürchte, daß ich zuweilen ein großes Durcheinander anrichte... mein Kopf ist nicht mehr der gleiche wie früher. Ich mache Fehler, und ich bin vergeßlich, und ich sage törichte Dinge. Aber sie hat so viel Geduld mit mir.»

Sie schniefte – offensichtlich untröstlich über ihre Unzulänglichkeit. «Wissen Sie», fuhr Dora Bunner schließlich fort, «ich machte mir große Sorgen, auch als ich schon in Little Paddocks war, was aus mir werden würde, wenn Letty etwas zustieße. Schließlich gibt es doch so viele Unglücksfälle; diese herumrasenden Autos, man weiß doch nie, was passieren kann. Natürlich habe ich nie so etwas gesagt, aber sie muß es erraten haben. Eines Tages teilte sie mir ganz überraschend mit, daß sie mich in ihrem Testament mit einer kleinen Jahresrente bedacht habe und daß ich ihre schönen Möbel erben würde, was ich noch viel höher schätze. Ich war ganz überwältigt... Ich bin eigentlich gar nicht so dumm, wie ich aussehe», fuhr sie schlicht fort. «Ich merke sehr wohl, wenn man Letty ausnutzen will. Einige Leute – ich werde keine Namen nennen – nutzen sie aus. Die liebe Letty ist vielleicht ein bißchen zu vertrauensselig.»

«Das ist ein Fehler», stimmte Miss Marple zu.

«Jawohl. Sie, Miss Marple, und ich, wir kennen die Welt, aber die liebe Letty...»

Sie schüttelte den Kopf.

Miss Marple dachte, daß Letitia Blacklock als Sekretärin eines großen Finanzmannes wahrscheinlich auch die Welt kennengelernt habe.

«Dieser Patrick!» sagte Dora plötzlich mit einer Bitterkeit, die Miss Marple erstaunte. «Soviel ich weiß, hat er mindestens zweimal Geld aus ihr herausgepreßt.»

Mit Verschwörermiene beugte sie sich vor.

«Sie werden es niemandem sagen, nicht wahr, liebe Miss

Marple? Aber ich werde das Gefühl nicht los, daß er irgend etwas mit dieser grauenhaften Sache zu tun hat. Ich glaube, daß er diesen jungen Mann kannte... oder Julia kannte ihn. Ich wage nicht, der lieben Letitia eine Andeutung zu machen... das heißt, letzthin tat ich es, aber sie fuhr mich heftig an... Alle reden jetzt soviel über diese zweite Wohnzimmertür. Auch das macht mir viel Sorge. Der Detektiv sagt, sie sei frisch geölt worden. Wissen Sie, ich sah...»

Plötzlich stockte sie.

«Ja, das ist alles sehr schwer für Sie», meinte Miss Marple mitfühlend. «Natürlich möchten Sie nicht, daß die Polizei etwas davon erfährt.»

«Das ist es ja», klagte Dora. «Nachts kann ich nicht schlafen und zerbreche mir den Kopf... Wissen Sie, neulich kam ich in den Geräteschuppen, und da war Patrick. Ich suchte frisch gelegte Eier – ein Huhn legt die Eier immer dorthin –, und da stand er mit einer Hühnerfeder und einer Tasse mit Öl in der Hand. Als er mich sah, zuckte er erschrocken zusammen.

Und dann hörte ich an einem anderen Tag zufällig eine merkwürdige Unterhaltung zwischen ihm und Julia. Die beiden schienen sich zu zanken, und er sagte: ‹Wenn ich glaubte, du hättest mit der Sache etwas zu tun!› Und Julia – Sie wissen ja, sie ist immer so ruhig – erwiderte: ‹Na, Brüderchen, was würdest du dann machen?› Und in dem Moment trat ich leider gerade auf die Diele, die immer knarrt, und da sahen mich die beiden. Ich sagte scheinbar harmlos: ‹Zankt ihr euch?› und Patrick erwiderte: ‹Ich warne Julia vor Schwarzmarktgeschäften.› Oh, das war sehr geschickt, aber ich glaube keinen Moment, daß die beiden von so etwas gesprochen haben!

Und ich muß Ihnen sagen, ich glaube auch, daß Patrick mit dieser Lampe im Wohnzimmer herumhantiert hat, damit das Licht ausgeht, denn ich erinnere mich noch ganz genau, daß die Schäferin auf dem Tisch gestanden hatte... nicht der Schäfer. Und am nächsten Tag...»

Sie unterbrach sich und wurde puterrot.

Miss Marple wandte den Kopf und sah Miss Blacklock hinter sich stehen – sie mußte gerade hereingekommen sein.

«Kaffee mit Klatsch, Bunny?» fragte Miss Blacklock mit einem leichten Vorwurf in der Stimme. «Guten Morgen, Miss Marple. Was für eine Kälte!»

«Wir haben uns eben über die vielen Rationierungsvorschriften unterhalten», erklärte Dora hastig, «man weiß wirklich nicht mehr, woran man ist.»

Jetzt ging mit lautem Krach die Tür wieder auf, und Bunch Harmond erschien.

«Guten Morgen!» trompete sie. «Habe ich noch Zeit, einen Kaffee zu trinken?»

«Natürlich, mein Kind», antwortete Miss Marple. «Setz dich und trink eine Tasse.»

«Wir müssen nach Hause», sagte Miss Blacklock. «Hast du alle Einkäufe gemacht, Bunny?»

«Ja . . . Ja, Lotty. Ich muß nur noch rasch im Vorbeigehen in die Apotheke und mir dort etwas Aspirin und Hühneraugenpflaster holen.»

Als sich die Tür hinter den beiden Damen geschlossen hatte, schwieg Miss Marple einige Augenblicke.

Dann fragte Bunch:

«Woran denkst du, Tante Jane?»

«Es gibt so viele merkwürdige Menschen, mein Kind», antwortete Miss Marple vage.

«In St. Mary Mead?»

«Ich dachte gerade an Schwester Ellerton, sie war wirklich eine ausgezeichnete, brave, freundliche Krankenschwester. Eine alte Dame, die von ihr gepflegt wurde, schien sie ins Herz geschlossen zu haben. Dann starb die alte Dame. Danach pflegte sie eine andere, und auch diese starb. Es war Morphium, alles kam heraus. Sie hat diese Morde auf die schmerzloseste Weise verübt, und das Entsetzliche war: Die Frau wollte wirklich nicht einsehen, daß sie Verbrechen verübt hatte. In jedem Fall wären die beiden bald gestorben, hatte sie erklärt, und die eine hätte Krebs gehabt und fürchterliche Schmerzen gelitten.»

«Meinst du, daß sie aus Mitleid gemordet hatte?»

«O nein. Beide hatten sie als Erbin eingesetzt. Sie liebte das Geld, weißt du . . .»

«Hast du eigentlich Offiziere von der anglo-indischen Armee gekannt, Tante?» fragte Bunch unvermittelt.

«Ja, mein Kind. Major Vaughan und Colonel Wright, die wohnten in meiner Nähe. Beide waren sehr korrekte Herren. Aber ich erinnere mich noch, daß ein anderer Nachbar, Mr. Hodgson, ein Bankdirektor, auf einer Überseefahrt eine Frau kennenlernte und heiratete, die seine Tochter hätte sein können. Er hatte keine Ahnung, woher sie kam, er wußte nur das, was sie ihm erzählt hatte.»

«Und das stimmte nicht?»

«Keineswegs, mein Kind.»

«Wie interessant», sagte Bunch nickend und begann an den Fingern abzuzählen. «Da haben wir die treue Dora und den schönen Patrick und Julia und Mrs. Swettenham und Edmund und Phillipa Haymes und Colonel Easterbrook und Mrs. Easterbrook . . . ich glaube, bei ihr stimmt auch nicht alles, aber was sollte sie für ein Interesse daran haben, Letty Blacklock zu ermorden?»

«Letty Blacklock könnte vielleicht etwas von ihr wissen, was ihr, Mrs. Easterbrook, peinlich ist.»

Plötzlich blickte Miss Marple entsetzt drein.

«Tante Jane!» rief Bunch ängstlich. «Wie schaust du denn aus? Was hast du denn?»

«Aber das kann ja nicht sein!» murmelte Miss Marple. «Da ist doch kein Grund . . .»

«Tante Jane!»

Miss Marple seufzte und sagte dann lächelnd:

«Es ist nichts, mein Kind.»

«Ist dir gerade jemand eingefallen, der den Mord verübt haben könnte?» fragte Bunch. «Wer denn?»

«Ich weiß gar nichts», erwiderte Miss Marple. «Ich hatte nur einen Augenblick lang so eine Idee . . . aber das ist schon wieder vorbei. Ich wünschte, ich wüßte es. Die Zeit ist so kurz, so entsetzlich kurz.»

«Was meinst du damit?»

«Die alte Dame oben in Schottland kann jeden Augenblick ihre Augen für immer schließen.»

«Also du glaubst wirklich an Pip und Emma?» fragte Bunch, sie anstarrend. «Du glaubst, die beiden seien es gewesen und sie würden es wieder versuchen?»

«Natürlich», antwortete Miss Marple wie geistesabwesend.

«Wenn sie es einmal versucht haben, werden sie es wieder versuchen. Wenn sich ein Mensch dazu entschlossen hat, jemanden zu ermorden, wird er von seinem Vorhaben nicht ablassen, weil es ihm das erste Mal nicht gelungen ist, namentlich dann nicht, wenn er glaubt, ganz außer Verdacht zu sein.»

«Aber wenn es Pip und Emma wären», sagte Bunch, «kämen hier doch nur zwei Menschen in Frage... Patrick und Julia. Sie sind Geschwister, und sie sind im richtigen Alter.»

«Mein Kind, so einfach ist das nicht. Es gibt da alle möglichen Verwicklungen und Kombinationen. Da wäre Pips Frau, wenn er verheiratet ist, oder Emmas Mann. Und dann wäre da noch ihre Mutter, auch sie wäre interessiert, obwohl sie nicht direkt erben würde. Wenn Letty Blacklock sie dreißig Jahre lang nicht gesehen hat, würde sie sie wahrscheinlich kaum wiedererkennen. Und dann wäre da noch der Vater, der doch offensichtlich ein übler Kerl war.»

«Das schon, aber er ist doch Ausländer.»

«Von Geburt. Das ist jedoch kein Grund zu der Annahme, daß er gebrochen Englisch spricht und mit Händen und Füßen redet. Ich könnte mir vorstellen, daß er sehr gut die Rolle eines anglo-indischen Colonel spielen könnte.»

«Also, das denkst du?»

«Nein, wirklich nicht, Kind. Ich denke nur, daß sehr viel Geld auf dem Spiel steht, ein Riesenvermögen. Und ich weiß leider nur zu gut, zu was für entsetzlichen Dingen Menschen fähig sind, um an viel Geld zu kommen.»

14

Inspektor Craddock wurde auf dem kleinen Bahnhof im schottischen Hochland von einem grauhaarigen Chauffeur abgeholt, der ihn zu einem altmodischen großen Daimler geleitete. Es war ein herrlicher, sonniger Tag, Craddock genoß die drei Kilometer lange Fahrt durch die Berglandschaft sehr, und als die grauen Mauern der alten Villa vor ihm auftauchten, hatte er das Gefühl, die Zeit habe sich wohltuend zurückgedreht.

Nachdem er sich gewaschen und rasiert und ein reichliches Frühstück zu sich genommen hatte, erschien eine ältere Frau in Schwesterntracht, die ihn freundlich begrüßte und sich als Schwester McClelland vorstellte.

«Mrs. Goedler erwartet Sie, Mr. Craddock. Sie freut sich sehr auf Ihren Besuch.»

«Ich werde mich bemühen, sie nicht aufzuregen», versprach er.

«Ich möchte Sie gleich auf das vorbereiten, was geschehen wird», erklärte die Schwester. «Sie werden Mrs. Goedler ganz normal finden, sie wird lebhaft reden und dann – ganz plötzlich – zusammenfallen. Dann müssen Sie sofort das Zimmer verlassen und mich rufen. Sie steht fast dauernd unter Morphium und befindet sich meist in einer Art Dämmerzustand. Ich habe ihr vorhin ein starkes Anregungsmittel gegeben, aber sowie die Wirkung nachläßt, wird sie in ihren Dämmerzustand zurücksinken.»

«Ja, ich verstehe, Schwester. Könnten Sie mir nun bitte genau sagen, wie es um Mrs. Goedler steht?»

«Sie wird es nicht mehr lange machen, es kann höchstens noch ein paar Wochen dauern. Wenn ich Ihnen sage, daß sie eigentlich schon seit Jahren tot sein müßte, wird Ihnen das merkwürdig vorkommen, aber es stimmt. Daß Mrs. Goedler überhaupt noch lebt, ist nur ihrer ungeheuren Vitalität und ihrer Lebensfreude zuzuschreiben. Obwohl sie seit fünfzehn Jahren das Haus nicht mehr verlassen kann, hat sie sich einen erstaunlichen Lebenswillen bewahrt.»

Und lächelnd fügte sie hinzu:

«Sie ist eine reizende Dame, das werden Sie sofort sehen.»

Craddock wurde in ein Schlafzimmer geführt, in dem ein helles Kaminfeuer loderte. In einem großen Himmelbett lag eine alte Dame, die, obwohl sie nur etwa sieben oder acht Jahre älter war als Letitia Blacklock, durch ihre Gebrechlichkeit wesentlich älter erschien.

Ihr weißes Haar war sorgfältig frisiert, eine flockige, hellblaue Bettjacke lag um ihre Schultern, und ihr Gesicht hatte trotz der Schmerzenslinien, die es durchzogen, seinen Reiz nicht völlig eingebüßt.

«Also, das ist ja interessant», sagte sie, vergnügt lächelnd, «Besuch von der Polizei habe ich nicht oft erhalten. Wie ich höre, wurde Letitia bei dem Anschlag gottlob nur leicht verletzt. Wie geht es ihr jetzt?»

«Sehr gut, Mrs. Goedler, sie läßt Sie herzlich grüßen.»

«Danke schön. Gott, wie lange habe ich sie nicht mehr gesehen . . . seit Jahren schon bekomme ich von ihr nur noch Weihnachtskarten. Als sie nach Charlottes Tod nach England zurückkehrte, hatte ich sie eingeladen, mich zu besuchen, aber sie lehnte es ab, da sie das Wiedersehen als zu schmerzlich empfand; vielleicht hat sie recht . . .»

Craddock ließ sie gern eine Weile reden, bevor er seine Fragen stellte. Er wollte ja soviel wie möglich von der Vergangenheit erfahren, einen Eindruck von Goedlers Kreis gewinnen.

«Ich vermute», sagte Belle, «daß Sie mich wegen des Testamentes befragen wollen. Randall hat verfügt, daß nach meinem Tod Blackie sein ganzes Vermögen erben soll. Er hat natürlich nie im Traum daran gedacht, daß ich ihn überleben würde. Er war so ein kräftiger, großer Mann, war nie einen Tag in seinem Leben krank gewesen, während ich immer ein Häufchen Elend war, voller Klagen und Schmerzen und Leiden; dauernd kamen Ärzte, die bei meinem Anblick lange Gesichter zogen.»

«Warum hat wohl Mr. Goedler das Testament in dieser Form abgefaßt?»

«Sie meinen, warum er Blackie das Geld vermacht hat? Nicht aus dem Grund, den Sie wahrscheinlich vermuten.»

Verschmitzt zwinkerte sie ihm zu.

«Was für eine Phantasie ihr Polizisten habt. Randall hätte nie daran gedacht, sich in sie zu verlieben, und sie auch nicht in ihn. Wissen Sie, Letitia hat den Verstand eines Mannes. Sie hat keinerlei frauliche Schwächen und Gefühle. Ich glaube, sie war nicht ein einziges Mal in ihrem Leben verliebt. Sie war nicht hübsch, und sie machte sich nichts aus Kleidern.»

Mit einem mitleidigen Unterton fügte sie hinzu:

«Sie hat nie erfaßt, was für ein Vergnügen es ist, eine Frau zu sein.»

Craddock betrachtete die zarte kleine Gestalt in dem großen Bett und dachte, daß sie, Belle Goedler, es bestimmt genossen hatte – es auch jetzt noch immer genoß –, eine Frau zu sein.

«Ich habe stets gefunden, daß es entsetzlich fade sein muß, ein Mannsbild zu sein», erklärte sie, wieder vergnügt zwinkernd, und fuhr dann nachdenklich fort: «Ich glaube, Randall betrachtete Blackie als eine Art ältere Schwester. Er verließ sich auf ihr Urteil und hatte recht damit. Wissen Sie, sie hat ihn mehr als einmal von zweifelhaften Sachen abgehalten und damit vor großen Schwierigkeiten bewahrt.»

«Sie erzählte mir, daß sie ihm einmal mit einer größeren Summe ausgeholfen habe.»

«Ja, das stimmt, sie ist grundanständig und so vernünftig, ich habe sie immer bewundert. Die zwei Schwestern hatten eine schreckliche Kindheit. Der Vater war ein alter Landarzt, furchtbar eigensinnig und engstirnig, verbohrt, der typische Haustyrann. Letitia brach schon früh aus, sie ging nach London und lernte Buchhaltung. Ihre Schwester war krank, sie verließ nie das Haus und verkehrte mit keinem Menschen. Als der Alte starb, gab Letitia der Schwester wegen ihre Stellung auf und ging nach Haus, um sich um sie zu kümmern.»

«War das lange vor dem Tod Ihres Mannes?»

«Etwa zwei Jahre. Randall hatte sein Testament gemacht,

bevor sie die Firma verließ, und er änderte es auch nicht mehr. Er sagte zu mir: ‹Wir haben sonst niemanden, der uns nahesteht› – unser Sohn ist im Alter von zwei Jahren gestorben –, ‹wenn wir, du und ich, tot sind, soll Blackie das Geld haben. Sie wird damit die ganze Börse auf den Kopf stellen.›»

«Sie sagten, Mrs. Goedler, daß Ihr Mann sein Vermögen Miss Blacklock vermachte, weil er sonst keine Angehörigen hatte. Aber das stimmt doch nicht ganz? Er hatte doch eine Schwester.»

«Ja, Sonja. Aber sie hatten sich schon vor Jahren verkracht und waren völlig auseinander.»

«Er war mit ihrer Heirat nicht einverstanden...?»

«Ja, sie heiratete einen Mann namens... wie heißt er nur wieder?»

«Stamfordis.»

«Ja, richtig, Stamfordis.»

«Mr. Goedler und seine Schwester haben sich nie ausgesöhnt?»

«Nein. Randall und Sonja hatten sich nie gut verstanden, und sie hat es ihm sehr übelgenommen, daß er die Heirat hintertreiben wollte. Sie sagte zu ihm: ‹Du bist ein unmöglicher Mensch, du wirst nie mehr etwas von mir hören!›»

«Aber Sie hörten noch von ihr?»

Belle lächelte.

«Nur noch ein einziges Mal. Ungefähr anderthalb Jahre nach ihrer Hochzeit bekam ich einen Brief von ihr, aus Budapest, wie ich mich erinnere, sie gab aber keine Adresse an. Sie schrieb mir, ich solle Randall sagen, daß sie überglücklich sei und gerade Zwillinge bekommen habe.»

«Und teilte sie die Namen mit?»

Wieder lächelte Belle.

«Sie schrieb, sie seien Punkt zwölf Uhr mittags auf die Welt gekommen, sie wolle sie Pip und Emma taufen. Das kann ein Witz von ihr gewesen sein.»

«Haben Sie dann noch mal etwas von ihr gehört?»

«Nein. Sie schrieb nur, daß sie mit ihrem Mann und den

Kindern für kurze Zeit nach Amerika ginge. Und dann habe ich nie wieder etwas von ihr gehört. Sie verschwand völlig aus unserem Leben...»

«Aber trotzdem vermachte Mr. Goedler sein Vermögen ihren Kindern für den Fall, daß Miss Blacklock vor Ihnen stürbe.»

«Das habe ich fertiggebracht. Als er mir vom Testament erzählte, sagte ich ihm: ‹Und angenommen, Blackie würde vor mir sterben?› Ganz überrascht sagte er: ‹Ja, dann haben wir wirklich keinen anderen Menschen.› Ich sagte: ‹Da ist doch Sonja›, worauf er wütend erwiderte: ‹Und dieser Kerl soll mein Geld kriegen? Ausgeschlossen!› Da sagte ich: ‹Also dann hinterlasse es doch ihren Kindern, Pip und Emma, und vielleicht sind inzwischen noch einige hinzugekommen›... Er brummte und knurrte zwar, änderte das Testament dann aber doch entsprechend ab.»

«Aber Sie haben nie mehr etwas von Ihrer Schwägerin oder deren Kindern gehört?» fragte Craddock langsam.

«Nichts... sie können tot sein... sie können irgendwo am Ende der Welt leben.»

Sie können in Chipping Cleghorn sein, dachte Craddock.

Als habe sie seine Gedanken gelesen, blickte Belle ihn plötzlich unruhig an und sagte:

«Sorgen Sie dafür, daß sie Blackie nichts antun! Blackie ist gut.. wirklich gut... Sie dürfen nicht zulassen, daß ihr etwas zustößt...»

Ihre Stimme verebbte plötzlich, Craddock sah auf einmal graue Schatten um ihre Augen und ihren Mund.

«Sie sind müde», sagte er, «ich werde gehen.»

Sie nickte.

«Mac soll kommen», flüsterte sie. «Ja, müde...»

Sie machte eine schwache Bewegung mit der Hand.

«Passen Sie auf Blackie auf... es darf Blackie nichts passieren... Passen Sie auf sie auf...!»

«Ich werde alles menschenmögliche tun, Mrs. Goedler.»

Er erhob sich und ging zur Tür...

Wie ein Hauch tönte ihre Stimme hinter ihm her:

«Es wird nicht mehr lange dauern . . . bald bin ich tot . . . es ist gefährlich für sie . . . passen Sie gut auf sie auf!»

Später sagte er zur Schwester: «Leider hatte ich keine Gelegenheit, Mrs. Goedler zu fragen, ob sie alte Familienfotos hat. Das würde mich sehr interessieren . . .»

Die Schwester unterbrach ihn: «Ich fürchte, es sind keine da. Ihre ganzen persönlichen Dinge, auch Papiere und so weiter, sowie die Möbel des Londoner Hauses waren in London in einem Speditionshaus untergestellt. Das Lager wurde ausgebombt.»

Da ist also nichts zu machen, dachte Craddock. Aber er hatte diese Reise doch nicht umsonst unternommen, er wußte nun, daß Pip und Emma, die Zwillinge, keine Phantasiegestalten waren.

Da gibt es einen Bruder und eine Schwester, die irgendwo auf dem Kontinent aufgewachsen sind, grübelte er. Als Sonja heiratete, war sie eine reiche Frau, aber das Geld kann sich im Laufe der Jahre verflüchtigt haben. Unzählige Riesenvermögen sind in diesen Zwischenkriegs- und Kriegsjahren in die Binsen gegangen. Da sind diese zwei jungen Leute, der Sohn und die Tochter eines vorbestraften Mannes. Angenommen, die beiden wären mehr oder weniger abgebrannt nach England gekommen. Was würden sie tun? Sich nach reichen Verwandten umsehen. Ihr Onkel, ein Mann mit einem Riesenvermögen, ist tot. Wahrscheinlich würden sie sich als erstes nach seinem Testament erkundigen. Sie nehmen Einsicht in das Testament, erfahren von der Existenz Letitia Blacklocks und machen Randall Goedlers Witwe ausfindig – sie erfahren, daß sie todkrank in Schottland liegt . . . wenn diese Letitia Blacklock vor ihr stirbt, werden sie, Pip und Emma, das Riesenvermögen erben. Sie kriegen heraus, wo Letitia Blacklock lebt. Sie gehen dorthin, aber unter anderem Namen . . . werden sie gemeinsam gehen – oder getrennt? Emma . . .? Pip und Emma? Ich möchte meinen Kopf wetten, daß Pip oder Emma oder beide jetzt in Chipping Cleghorn sind . . .

15

In der Küche von Little Paddocks erteilte Miss Blacklock ihrer etwas hysterischen Köchin die letzten Anweisungen:

«Machen Sie Sandwiches mit Sardinen und Tomaten und das Gebäck, das Ihnen immer so ausgezeichnet gelingt, und Ihre Spezialtorte.»

«Ah, Leute kommen, drum Sie wollen haben all die Sachen.»

«Miss Bunner hat Geburtstag, und es werden einige Bekannte zum Tee kommen.»

«In ihrem Alter hat man nicht Geburtstag, besser vergessen.»

«Aber sie will das gar nicht vergessen. Bekannte werden ihr Geschenke bringen, und so wird es nett sein, eine kleine Feier zu veranstalten.»

«Genau das haben Sie gesagt letzte Mal... und schauen Sie, was ist passiert!»

Miss Blacklock unterdrückte ihren Ärger.

«Also diesmal wird nichts passieren.»

«Was wissen Sie, was kann passieren in diese Haus? Ganze Tag lang zittere ich, und in Nacht verschließe ich meine Tür und guck in Schrank und unter Bett.»

«Das wird Sie jung und hübsch erhalten», entgegnete Miss Blacklock trocken.

«Die Torte, die ich soll machen, ist die...»

«Jawohl, diese schöne.»

«Ja, sehr schön. Aber ich brauchen Schokolade und viel Butter und Zucker und Rosinen.»

«Sie können alles nehmen, was Sie brauchen.»

Nun strahlte Mizzi über das ganze Gesicht.

«Ah, ich mache sie schön für Sie... gut!» rief sie wie in Ekstase. «Oh, sie wird schön! Und drauf mache ich Schokoladeneis... das kann ich so gut... und drauf schreibe ich: ‹Herzliche Glückwunsch›. Die Engländer mit ihre Torten, die schmecken wie Sand, werden nie, nie so eine Torte gegessen haben. Köstlich, sie werden sagen... köstlich...»

Nun verdüsterte sich ihre Miene.

«Mr. Patrick hat sie genannt ‹Köstliche Tod› . . . mein Torte! Ich erlaube nicht, daß er mein Torte nennt so!»

«Das ist doch ein Kompliment», erklärte Miss Blacklock. «Er meint, es lohne sich zu sterben, wenn man so eine Torte gegessen hat . . .»

Mizzi blickte sie zweifelnd an.

«Also, ich nicht liebe diese Wort – Tod! Die werden nicht sterben, weil sie essen mein Torte, nein, sie werden sich fühlen alle viel, viel besser . . .»

«Bestimmt.»

Miss Blacklock drehte sich um und verließ mit einem Seufzer der Erleichterung die Küche.

In der Halle kam ihr Dora entgegen.

«Edmund Swettenham hat gerade angerufen», sagte sie. «Er hat mir gratuliert und gesagt, er würde mir einen Topf Honig schenken. Ist das nicht reizend von ihm? Aber woher weiß er, daß ich Geburtstag habe?»

«Alle scheinen es zu wissen, du wirst es ihnen gesagt haben, Dora.»

«Ach, ich habe neulich zufällig erwähnt, daß ich heute neunundfünfzig Jahre alt werde.»

«Du wirst vierundsechzig», widersprach Miss Blacklock ironisch zwinkernd.

«Ha!» rief Patrick pathetisch, als die Gesellschaft im Eßzimmer am Tisch Platz nahm. «Was sehe ich vor mir? Köstlicher Tod!»

«Sei still!» sagte Miss Blacklock. «Laß das nur nicht Mizzi hören, sie beklagt sich sehr, daß du ihre Torte so nennst.»

«Trotzdem ist es ‹Köstlicher Tod›! Ist es nicht Bunnys Geburtstagstorte?»

«Ja», antwortete Dora Bunner. «Ich habe wirklich den schönsten Geburtstag, den man sich vorstellen kann.»

Ihre Wangen waren vor Aufregung gerötet; Colonel Easterbrook hatte ihr mit einer Verbeugung eine Schachtel Pralinen überreicht und dabei gesagt: «Etwas Süßes für die Süße!»

100

Den guten Dingen auf dem Teetisch wurde volle Gerechtigkeit zuteil, und alle waren sehr vergnügt.

«Mir ist ein wenig übel», erklärte Julia nach einer Weile. «Das kommt von der Torte. Als wir sie letzthin aßen, ist mir auch übel geworden.»

«Aber es lohnt sich», meinte Patrick.

«Haben Sie einen neuen Gärtner?» wandte sich Miss Hinchliffe an Miss Blacklock, nachdem sie ins Wohnzimmer gegangen waren.

«Nein, warum?»

«Ich habe einen Mann ums Hühnerhaus streichen sehen; er sieht recht ordentlich aus, wie ein ehemaliger Armeeangehöriger.»

«Ach der», sagte Julia, «das ist unser Detektiv.»

Mrs. Easterbrook ließ vor Erstaunen ihre Tasche fallen.

«Ein Detektiv!» rief sie. «Aber... aber warum?»

«Ich weiß nicht», antwortete Julia. «Er lungert hier herum und bewacht das Haus. Ich nehme an, er soll Tante Letty beschützen.»

«Aber jetzt ist doch bestimmt alles vorbei!» rief Mrs. Easterbrook. «Allerdings wollte ich Sie schon fragen, warum eigentlich die amtliche Leichenschau verschoben wurde.»

«Das bedeutet, daß die Polizei mit den Untersuchungsergebnissen noch nicht zufrieden ist», erklärte der Colonel.

«Aber wieso sind sie noch nicht zufrieden?»

Der Colonel schüttelte den Kopf und gab sich den Anschein, als könnte er sehr viel sagen, wenn er nur wollte.

Edmund Swettenham, der den Colonel nicht ausstehen konnte, sagte:

«Wir alle stehen unter Verdacht.»

«Unter was für einem Verdacht?» fragte Mrs. Easterbrook.

«Daß jemand von uns die Absicht hat, bei der erstbesten Gelegenheit einen Mord zu begehen.»

«Aber bitte, Mr. Swettenham, sagen Sie doch so etwas nicht!» rief Dora Bunner weinerlich. «Bestimmt wird niemand die liebe Letty ermorden wollen.»

Einen Augenblick herrschte betretenes Schweigen.

Edmund, der puterrot geworden war, murmelte: «Es war ja nur ein Witz», und Phillipa schlug mit klarer Stimme vor, sich die Sechs-Uhr-Nachrichten anzuhören, ein Vorschlag, der mit Begeisterung aufgenommen wurde.

Patrick flüsterte Julia ins Ohr:

«Schade, daß Mrs. Harmond nicht hier ist, sie würde bestimmt unverblümt trompeten: ‹Aber sicher wartet jemand auf eine gute Gelegenheit, Sie zu ermorden, Miss Blacklock.›»

«Ich bin froh, daß sie und die alte Miss Marple nicht kommen konnten», sagte Julia. «Diese alte Jungfer steckt ihre Nase überall hinein.»

Nach einer Weile verabschiedeten sich die Gäste unter vielen Danksagungen.

«Bist du zufrieden, Bunny?» fragte Miss Blacklock, nachdem der letzte Besucher gegangen war.

«O ja. Aber ich habe entsetzliche Kopfschmerzen, das kommt sicher von der Aufregung.»

«Das ist die Torte», erklärte Patrick, «auch mir ist es ein bißchen komisch im Magen, und du hast außerdem noch den ganzen Morgen über Schokolade gegessen.»

«Ich werde mich hinlegen», sagte Dora, «zwei Aspirin nehmen und versuchen, bald einzuschlafen.»

«Da hast du recht», stimmte Miss Blacklock zu, und Dora ging hinauf.

«Trink doch einen Sherry, Tante Letty», schlug Julia vor.

«Das ist eine gute Idee. Man ist wirklich nicht mehr an solche Schlemmereien gewöhnt... Gott, Bunny, hast du mich erschreckt. Was ist denn?»

«Ich kann mein Aspirin nicht finden», erklärte Dora kläglich, die plötzlich wieder aufgetaucht war.

«Dann nimm doch von meinen. Sie stehen auf dem Nachttisch.»

«Danke schön... danke vielmals. Aber meine müssen doch irgendwo sein. Ein neues Fläschchen... wo habe ich es nur hingetan?»

«Phillipa, mein Kind, ich möchte mit dir sprechen.»

«Ja, Tante Letty?»

Phillipa blickte erstaunt auf.

«Machst du dir über irgend etwas Sorgen?»

«Nein, Tante Letty. Wieso?»

«Also... ich habe gedacht, daß vielleicht du und Patrick...?»

«Patrick!»

Jetzt war Phillipa wirklich überrascht.

«Also nicht? Entschuldige, bitte, daß ich gefragt habe, aber ihr seid so oft zusammen.»

Phillipas Gesicht war nun wie versteinert.

«Ich werde nie wieder heiraten!» stieß sie hervor.

«O doch, eines Tages wirst du schon wieder heiraten, mein Kind. Du bist ja noch jung. Aber darüber brauchen wir jetzt nicht zu reden. Es gibt ja noch andere Sorgen, machst du dir vielleicht Sorgen wegen... Geld?»

«Nein, ich komme ganz gut zurecht.»

«Ich dachte, vielleicht machst du dir Sorgen wegen der Erziehung deines Jungen. Darüber wollte ich mit dir sprechen. Heute nachmittag war ich in Milchester bei Mr. Beddingfield, meinem Notar, und habe ein neues Testament gemacht... Man kann ja nie wissen, was geschieht. Außer der Rente, die ich Bunny ausgesetzt habe, wirst alles du erben, Phillipa.»

«Was?»

Phillipa blickte entsetzt drein.

«Aber das will ich nicht... Wirklich nicht... Und wieso eigentlich? Wieso ich?»

«Vielleicht weil niemand anderer da ist», antwortete Miss Blacklock mit besonderer Betonung.

«Aber da sind doch Patrick und Julia, dein Neffe und deine Nichte.»

«Wir sind nur sehr weitläufig verwandt, beiden gegenüber habe ich keinerlei Verpflichtungen.»

«Aber mir... mir gegenüber doch auch nicht... ich weiß gar nicht, wieso du... oh, ich will es nicht haben!»

103

Es schien fast, als fürchte sie sich.

«Ich weiß sehr gut, was ich tue, Phillipa. Ich habe dich liebgewonnen, und dann ist da dein Junge... Ihr würdet nicht viel erben, wenn ich jetzt stürbe, aber in ein paar Wochen könnte das anders sein», erklärte sie und blickte Phillipa durchdringend an.

«Aber du wirst nicht sterben», widersprach Phillipa.

«So bald nicht, wenn ich die nötigen Vorsichtsmaßnahmen ergreife.»

«Vorsichtsmaßnahmen?»

«Ja... aber mach dir keine Sorgen.»

Mit diesen Worten verließ sie das Zimmer, und Phillipa hörte sie in der Halle mit Julia sprechen.

Einige Augenblicke später trat Julia ins Zimmer, ihre Augen funkelten.

«Das hast du schön eingefädelt, Phillipa. Du bist ein stilles Wasser...»

«Ah, du hast gelauscht...»

«Ja, ich habe alles gehört, und ich glaube, Tante Letty wollte, daß ich es höre.»

«Was soll das heißen?»

«Unsere alte Letty ist nicht dumm... aber jedenfalls bist du jetzt fein raus, Phillipa.»

«Aber, Julia... ich wollte es nicht, ich habe nie daran gedacht...»

«Was du nicht sagst! Natürlich warst du darauf aus. Du sitzt doch in der Klemme. Aber denk dran: Wenn Tante Letty jetzt etwas zustößt, fällt der Verdacht zuerst auf dich...»

«Was für ein Unsinn! Es wäre doch Wahnsinn von mir, wenn ich sie jetzt ermordete... ich brauche ja nur zu warten...»

«Ach so, du weißt also, daß die alte Dame – wie heißt sie nur gleich? – da oben in Schottland im Sterben liegt... Phillipa, ich glaube immer mehr, daß du ein sehr stilles Wasser bist.»

«Ich will weder dich noch Patrick um etwas bringen.»

«Wirklich nicht, meine Liebe? Entschuldige bitte, aber das glaube ich dir nicht.»

16

Inspektor Craddock hatte im Zug eine schlechte Nacht verbracht und war froh, als er endlich in Milchester ankam. Sofort ging er zu Rydesdale und erstattete ihm ausführlich Bericht.

«Das bringt uns zwar nicht viel weiter», sagte Rydesdale, «aber es bestätigt wenigstens das, was Miss Blacklock Ihnen erzählt hat. Pip und Emma, hm.»

«Patrick und Julia Simmons sind genau in dem Alter, Sir. Wenn wir feststellen könnten, daß Miss Blacklock die beiden seit ihrer Kindheit nicht mehr gesehen hat . . .»

Leicht lächelnd unterbrach Rydesdale ihn.

«Unsere Verbündete, Miss Marple, hat das bereits festgestellt: Miss Blacklock hatte die beiden nie gesehen.»

«Also dann, Sir . . .»

«So einfach ist das nicht, Craddock. Wir haben das Vorleben der beiden geprüft, und sie scheinen unverdächtig zu sein. Patrick war in der Marine, wo er sich gut geführt hat, bis auf eine leichte Neigung zu ‹Insubordination›, dann haben wir in Cannes angefragt, und Mrs. Simmons hat uns empört geantwortet, daß ihr Sohn und ihre Tochter in Chipping Cleghorn bei ihrer Kusine seien.»

«Und Mrs. Simmons ist tatsächlich Mrs. Simmons?»

«Wenigstens ist sie es schon sehr lange», antwortete Rydesdale trocken.

«Da scheint also alles klar zu sein, nur trifft sonst alles so gut auf die beiden zu, das richtige Alter, Miss Blacklock kennt sie nicht persönlich . . . zu schade.»

Rydesdale nickte nachdenklich, dann reichte er Craddock ein Schreiben.

«Da ist etwas, was wir über Mrs. Easterbrook ausfindig gemacht haben.»

Mit hochgezogenen Brauen las der Inspektor den Bericht.

«Sehr interessant», bemerkte er. «Sie hat also den alten Esel richtiggehend eingefangen, doch soweit ich sehen kann, nützt uns das auch nichts.»

«Anscheinend nicht. Aber hier ist ein Bericht, der Mrs. Haymes betrifft.»

Wieder zog Craddock beim Lesen die Brauen hoch.

«Hm, diese Dame werde ich mir also noch vorknöpfen,» sagte er.

Eine Weile schwiegen beide, dann fragte Craddock:

«Gibt es Neues von Fletcher, Sir?»

«Er war sehr emsig. Im Einverständnis mit Miss Blacklock hat er das Haus gründlich durchsucht, konnte aber nichts von Interesse finden. Dann wollte er feststellen, wer Gelegenheit gehabt haben könnte, die Tür zu ölen. Das hat er an dem Tag gemacht, an dem die Köchin Ausgang hatte; auch Miss Blacklock und Miss Bunner waren ins Dorf gegangen – wie meist am Nachmittag –, so hatte er das Feld für sich.»

«Die Haustür ist wohl stets unverschlossen...»

«Früher schon, ich glaube aber, jetzt nicht mehr.»

«Und was hat Fletcher festgestellt? Hat jemand von den Nachbarn die Abwesenheit der Hausbewohner genutzt?»

«Praktisch das ganze Dorf scheint hinzugehen, wenn das Haus leer steht.»

Rydesdale schaute auf einen Bericht, der vor ihm lag.

«Da haben wir zum Beispiel Miss Hinchliffe. Sie behauptet zwar, sie sei seit längerem nicht dortgewesen, was aber nicht stimmt, denn Mizzi hatte sie aus der Haustür herauskommen sehen. Miss Hinchliffe gab dann zu, dortgewesen zu sein, sie habe es aber vergessen; sie könne sich nicht erinnern, was sie dort gewollt habe, wahrscheinlich nur einen Besuch abstatten.»

«Das klingt merkwürdig.»

«Und anscheinend war auch ihr Verhalten merkwürdig.»

Er lächelte nun leicht.

«Miss Marple war auch sehr aktiv. Fletcher berichtet, daß sie am Morgen im Café ‹Zum Blauen Vogel› gewesen war, dann hat sie bei Miss Hinchliffe einen Sherry getrunken, nachher war sie zum Tee in Little Paddocks, dann hat sie Mrs. Swettenhams Garten bewundert und schließlich Colonel Easterbrook besucht und sich seine indischen Andenken angeschaut.»

«Sie wird uns sagen können, ob Colonel Easterbrook tatsächlich Colonel in Indien gewesen ist.»

«Sie glaubt, daß es stimmt; aber wir müssen bei den Behörden in Indien Rückfrage halten. Bis die Antwort eintrifft, wird jedoch eine Weile vergehen.»

«Es ist schrecklich, wir haben doch solche Eile. Ich halte die Gefahr für wirklich groß, Sir. Es steht ja ein Riesenvermögen auf dem Spiel, und wenn Belle Goedler stirbt...»

Das Läuten des Telefons unterbrach ihn.

Rydesdale nahm den Hörer ab, und Craddock sah, wie sich sein Gesicht verdüsterte.

«Inspektor Craddock wird sofort kommen», donnerte Rydesdale und legte den Hörer auf.

«Ist sie...», begann Craddock, aber Rydesdale schnitt ihm kopfschüttelnd das Wort ab.

«Nein, es ist Dora Bunner. Sie hatte Kopfschmerzen, und da sie ihr Aspirinfläschchen nicht fand, hat sie das von Letitia Blacklocks Nachttisch genommen. Es waren nur drei Tabletten drin, von denen sie zwei nahm. Der Arzt hat die übriggebliebene zur Analyse fortgeschickt, sagte aber jetzt schon, daß es bestimmt kein Aspirin sei.»

«Ist sie tot?»

«Ja. Man hat sie heute morgen tot im Bett aufgefunden. Der Arzt sagt, sie sei im Schlaf gestorben, aber er glaubt nicht an einen natürlichen Tod, obwohl ihre Gesundheit sehr angegriffen war. Er glaubt, daß sie an Gift gestorben ist. Heute abend findet die Autopsie statt.»

«Aspirintabletten von Letitia Blacklocks Nachttisch! Was für ein heimtückischer Satan!... Wer war nur in den letzten zwei Tagen im Haus? Diese vergifteten Tabletten können ja nicht lange dort gelegen haben.»

«Die ganze Gesellschaft war gestern dort», sagte Rydesdale gedehnt. «Es war eine Geburtstagsfeier für Dora Bunner. Jeder der Anwesenden konnte sich während der Feier hinaufgeschlichen und die Tabletten ausgetauscht haben, und die Hausbewohner natürlich zu jeder Zeit.»

17

Vor der Tür des Pfarrhauses sagte Mrs. Harmond zu Miss Marple:

«Richte, bitte, Miss Blacklock aus, daß Julian leider jetzt nicht kommen kann, er muß einen sterbenden Mann im Nachbardorf besuchen. Aber er wird sich nach dem Mittagessen bei ihr melden, hier sind einstweilen die Notizen für die Beerdigung. Hoffentlich erkältest du dich nicht bei diesem Wetter. Ich würde den Brief ja selbst hinbringen, aber ich muß ein krankes Kind im Spital besuchen.»

Als Miss Marple in Little Paddocks im Wohnzimmer auf Miss Blacklock wartete, blickte sie sich um und überlegte, was Dora Bunner an dem Morgen im Café gemeint haben könnte, als sie sagte, sie glaube, Patrick habe ‹mit der Lampe herumhantiert, damit das Licht ausgeht›. Welche Lampe? Und wie hatte er an ihr ‹herumhantiert›?

Wahrscheinlich hatte Dora die kleine Stehlampe auf dem Tisch neben dem Türbogen gemeint. Sie hatte etwas von einem Schäfer und einer Schäferin gesagt... der Fuß dieser Lampe war ein Schäfer aus Meißner Porzellan. Und Dora Bunner hatte gesagt: ‹Ich erinnere mich noch ganz genau, daß auf dem Tisch die Schäferin gestanden hatte› und am nächsten Tag... Also jedenfalls stand jetzt dort ein Schäfer.

Auch hatte Dora an dem Nachmittag, als sie, Miss Marple, mit Bunch in Little Paddocks zum Tee gewesen war, gesagt, daß es ein Pendant zu der Lampe gegeben habe, natürlich eine Schäferin. Am Tag des Überfalls habe die Schäferin dort gestanden... nicht der Schäfer, und am nächsten Morgen die Lampe mit dem Schäfer. Also waren die Lampen während der Nacht offensichtlich ausgetauscht worden. Und Dora Bunner hatte den Verdacht, daß Patrick es getan habe.

Warum...? Wenn die ursprünglich dort gewesene Lampe untersucht worden wäre, hätte sich herausgestellt, wie Patrick es fertiggebracht hatte, das Licht ausgehen zu lassen. Aber wie hatte er es fertiggebracht?

Miss Marple betrachtete prüfend die Lampe, die vor ihr stand. Die Schnur verlief über den Tisch zur Wand, der Schalter war in der Mitte der Schnur angebracht. Miss Marple überlegte weiter: Miss Blacklock hatte als erstes geglaubt, ihr Neffe Patrick habe etwas mit der Anzeige zu tun. Solch instinktive Annahmen sind häufig berechtigt, denn wenn man einen Menschen gut kennt, weiß man auch, was er im Kopf hat.

Patrick Simmons... ein charmanter, gutaussehender junger Mann, der Frauen gefällt, jungen und alten. Er war ein Typ Mann, wie ihn vielleicht Randall Goedlers Schwester geheiratet hätte. Könnte Patrick Simmons «Pip» sein? Aber er war während des Krieges in der Marine. Das ließ sich leicht überprüfen.

Zuweilen geschahen die merkwürdigsten Identitätsauswechslungen. Mit genügend Kühnheit kann man viel machen...

Miss Blacklock trat ins Zimmer. Sie schien um Jahre gealtert zu sein und ihre ganze Vitalität eingebüßt zu haben.

«Entschuldigen Sie, bitte, daß ich Sie störe», sagte Miss-Marple, «aber der Pfarrer muß einen Sterbenden besuchen, und Bunch mußte zu einem kranken Kind ins Spital gehen, so hat sie mich gebeten, Ihnen diesen Brief zu übergeben.»

Miss Blacklock öffnete ihn und sagte:

«Nehmen Sie doch bitte Platz, Miss Marple.»

«Danke sehr. Ich möchte Ihnen auch mein herzlichstes Beileid aussprechen.»

Nun brach Letitia plötzlich in Tränen aus, und Miss Marple ließ sie schweigend gewähren.

Nach einer Weile blickte Letitia auf und sagte:

«Entschuldigen Sie, bitte, aber es überkam mich auf einmal. Es ist so entsetzlich für mich. Dora war der einzige Mensch, den ich noch von Kindheit her kannte... jetzt bin ich ganz allein.»

Dann schwiegen beide, bis Letitia zum Schreibtisch ging und sagte:

«Ich muß dem Pfarrer ein paar Zeilen schreiben.»

Sie hielt den Federhalter ungeschickt und erklärte:

«Ich habe Arthritis in den Fingern. Zuweilen kann ich überhaupt nicht schreiben. Wollen Sie so freundlich sein und meine Antwort mitnehmen?»

Von draußen erklang eine männliche Stimme, und düster blickend trat Inspektor Craddock ein.

Diskret verabschiedete sich Miss Marple.

«Ich will keine Zeit mit Beileidsbezeugungen verlieren, Miss Blacklock», sagte er. «Miss Bunners Tod geht mir aber vor allem deshalb besonders nahe, weil wir diesen Mord hätten verhindern müssen.»

«Ich wüßte nicht, wie Ihnen das möglich gewesen wäre.»

«Leicht wäre es nicht gewesen, aber nun dürfen wir auch nicht mehr eine Minute Zeit verlieren. Wir müssen rasch vorgehen. Wer hat es getan, Miss Blacklock? Wer hat zwei Schüsse auf Sie abgegeben? Wer ist es gewesen? Denn der Betreffende wird wahrscheinlich den Mordversuch wiederholen.»

Letitia zitterte...

«Ich weiß es nicht, Herr Inspektor. Ich weiß es nicht!»

«Ich habe mit Mrs. Goedler gesprochen, sie hat mir alles gesagt, was sie wußte; leider ist es nicht viel. Es gibt einige Leute, für die Ihr Tod ausgesprochen günstig wäre. In erster Linie für Pip und Emma. Patrick und Julia Simmons sind zwar im entsprechenden Alter, aber sie scheinen es nicht zu sein. Sagen Sie, Miss Blacklock, würden Sie Sonja Goedler wiedererkennen?»

«Sonja wiederentdecken? Aber natürlich.»

Sie stockte.

«Nein», fuhr sie langsam fort, «ich glaube doch nicht. Es ist so lange her, dreißig Jahre: Sie ist ja jetzt eine ältere Frau.»

«Wie sah sie damals aus?»

«Sonja?»

Letitia überlegte einige Augenblicke.

«Sie war ziemlich klein, dunkel . . .»

«Hatte sie irgendwelche besonderen Mmerkmale . . . Gewohnheiten?»

«Nicht daß ich wüßte. Sie war fröhlich, sehr fröhlich.»

«Vielleicht ist sie jetzt nicht mehr so fröhlich», sagte Craddock. «Haben Sie ein Foto von ihr?»

«Von Sonja? Warten Sie mal . . . in einem Album müßte ich einige alte Schnappschüsse von ihr haben.»

«Könnte ich die sehen?»

«Natürlich . . . aber wo habe ich nur dieses Album?»

«Sagen Sie mir, bitte, Miss Blacklock, halten Sie es für möglich, daß Mrs. Swettenham Sonja Goedler sein könnte?»

«Mrs. Swettenham!»

Miss Blacklock blickte ihn verdutzt an.

«Ihr Mann war Kolonialbeamter, soviel ich weiß, zuerst in Indien und dann in Hongkong.»

«Das hat sie Ihnen erzählt. Sie wissen das nicht, wie man vor Gericht sagt, aus erster Hand?»

«Nein, das natürlich nicht», antwortete sie langsam. «Aber Mrs. Swettenham! Das ist zu absurd!»

«Hat Sonja Goedler je Theater gespielt, ich meine, bei Liebhaberaufführungen?»

«O ja, und sie war sogar sehr gut.»

«Da haben wir's! Noch etwas, Mrs. Swettenham trägt eine Perücke. Wenigstens behauptet das Mrs. Harmond», verbesserte sich der Inspektor.

«Ja, das ist gut möglich, all diese kleinen grauen Löckchen. Aber ich halte es noch immer für absurd, wenn sie auch manchmal sehr komisch ist.»

«Und dann haben wir Miss Hinchliffe und Miss Murgatroyd. Könnte eine von ihnen Sonja Goedler sein?»

«Miss Hinchliffe ist zu groß, sie ist ja so groß wie ein Mann.»

«Miss Murgatroyd?»

«Nein, bestimmt nicht.»

«Sie sehen doch nicht gut, Miss Blacklock.»

«Ich bin kurzsichtig.»

«Ich möchte zu gern eine Aufnahme von Sonja Goedler sehen, selbst wenn es eine alte, schlechte ist. Wir haben Übung darin, Ähnlichkeiten festzustellen.»

«Ich werde die Bilder suchen.»

«Würden Sie das, bitte, gleich tun?»

«Gern. Aber ich muß erst überlegen . . . ich habe das Album zum letzten Mal gesehen, als wir den Schrank in der Halle ausräumten. Julia hat mir dabei geholfen. Ich erinnere mich noch, daß sie über die Kleider, die wir damals trugen, lachte . . . Die Bücher stellten wir auf das Regal hier im Wohnzimmer. Wo haben wir nur das Album hingelegt? Gott, was habe ich für ein schlechtes Gedächtnis! Vielleicht weiß Julia es.»

«Ich werde sie suchen.»

Der Inspektor fand Julia in keinem der Parterrezimmer und rief dann nach oben:

«Miss Simmons!»

Als er keine Antwort erhielt, ging er in den ersten Stock, wo Julia gerade aus einer Tür trat, hinter der eine Wendeltreppe zu sehen war.

«Ich war auf dem Speicher», erklärte sie. «Was ist denn?»

Der Inspektor sagte es ihr.

«Ach, diese alten Fotoalben. Ja, ich erinnere mich sehr gut. Soviel ich weiß, haben wir sie in den Bücherschrank im Studierzimmer gestellt. Ich werde sie holen.»

Sie ging mit dem Inspektor ins Studierzimmer und holte aus dem großen Bücherschrank zwei Fotoalben.

Craddock blätterte die Alben durch . . . Frauen mit riesigen Hüten, Frauen mit langen Röcken. Unter den Fotos standen kurze Bezeichnungen, die Tinte war verblaßt.

«Die Aufnahmen müßten in diesem hier sein», erklärte Miss Blacklock. «Auf der zweiten oder dritten Seite, glaube ich. In dem andern sind Aufnahmen nach Sonjas Hochzeit.»

Sie drehte ein Blatt um.

«Hier müssen sie sein...» Sie stockte.

Auf dieser Seite waren mehrere leere Stellen. Craddock entzifferte die verblaßte Schrift:

«Sonja... ich... Randall.» Unter der nächsten stand: «Sonja und Belle am Strand». Auf der andern Seite: «Picknick in Sheyne». Er schlug die nächste Seite auf. Wieder eine leere Stelle und darunter die Worte: «Charlotte, ich, Sonja, Randall».

Craddock stand auf. Seine Lippen waren zusammengepreßt.

«Jemand hat diese Fotos entfernt», stieß er hervor. «Und zwar erst kürzlich.»

«Julia, als wir neulich die Alben anschauten, waren doch keine leeren Stellen da?» fragte Letitia.

«Ich kann mich nicht erinnern, ich interessierte mich ja nur für die Kleider... aber warte... ja, du hast recht, Tante Letty, es gab keine leeren Stellen.»

Craddock blickte noch finsterer drein.

18

«Entschuldigen Sie bitte, daß ich Sie schon wieder störe, Mrs. Haymes.»

«Bitte sehr, Herr Inspektor», erwiderte Phillipa kühl.

«Mrs. Haymes, Sie hatten mir doch gesagt, Ihr Mann sei in Italien gefallen?»

«Ja... und?»

«Warum haben Sie mir nicht die Wahrheit gesagt? Warum haben Sie mir nicht gesagt, daß Ihr Mann desertiert ist?»

Er sah, wie sie leichenblaß wurde.

Bitter entgegnete sie:

«Müssen Sie alles ausgraben?»

«Wir verlangen, daß uns die Wahrheit gesagt wird», erwiderte Craddock trocken.

Sie schwieg und sagte erst nach einer Weile:

113

«Was wollen Sie nun tun? Es aller Welt sagen? Ist das notwendig? Ist das richtig von Ihnen?»

«Weiß das hier niemand?» fragte Craddock.

«Niemand. Harry» – ihre Stimme änderte sich nun – «mein Sohn weiß es nicht, und er soll es nie erfahren.»

«Das halte ich nicht für richtig. Wenn der Junge groß genug ist, sollten Sie ihm die Wahrheit sagen. Falls er eines Tages selbst die Wahrheit entdeckt, wird das schlimm für ihn sein. Wenn Sie ihm Geschichten erzählen, sein Vater sei als Held gestorben . . .»

«Das tue ich nicht. Ich spreche einfach nicht darüber.»

«Ihr Mann lebt noch?»

«Vielleicht. Woher soll ich das wissen?»

«Wann haben Sie ihn zum letzten Mal gesehen, Mrs. Haymes?»

«Seit Jahren nicht mehr», antwortete sie rasch.

«Sind Sie ganz sicher? Haben Sie ihn nicht vor ungefähr vierzehn Tagen gesehen und gesprochen?»

«Was wollen Sie damit sagen?»

«Ich habe es nie für sehr wahrscheinlich gehalten, daß Sie sich mit Schwarz im Gartenhäuschen getroffen haben. Aber Mizzi behauptet es steif und fest. Ich glaube, Mrs. Haymes, daß der Mann, den Sie damals am Morgen getroffen haben, Ihr Gatte gewesen ist . . .»

«Ich habe niemanden im Gartenhäuschen getroffen.»

«Vielleicht hatte er kein Geld, und Sie haben ihm welches gegeben?»

«Ich habe ihn nicht gesehen, sage ich Ihnen. Ich habe niemanden im Gartenhäuschen getroffen!»

«Deserteure sind häufig in einer verzweifelten Lage. Oft beteiligen sie sich an Raubüberfällen und Einbrüchen. Und viele von ihnen haben ausländische Waffen, die sie von der Front mitgebracht haben.»

«Ich weiß nicht, wo mein Mann ist, ich habe ihn seit Jahren nicht mehr gesehen.»

«Ist das Ihr letztes Wort, Mrs. Haymes?»

«Ich kann Ihnen nichts anderes sagen.»

Nachdem Craddock Phillipa verlassen hatte, murmelte er wütend vor sich hin:

«Störrisch wie ein Maulesel!»

Er war ziemlich sicher, daß Phillipa log, aber er konnte es ihr nicht nachweisen. Er wünschte, er wüßte etwas mehr über diesen Captain Haymes. Die Informationen, die er vom Militärdepartement erhalten hatte, waren recht dürftig, vor allem gab es keine Anhaltspunkte, daß Haymes ein Verbrecher geworden sei.

Auch schien es unwahrscheinlich, daß Haymes die Tür geölt hatte. Das mußte ein Hausbewohner getan haben oder jemand, der leicht Zutritt zum Haus hatte.

Sinnend schaute er die Treppe an, und plötzlich fiel ihm ein, daß Julia auf dem Speicher gewesen war.

Was hatte Julia dort zu suchen?

Rasch ging Craddock in den ersten Stock. Niemand war dort.

Er öffnete die Tür, aus der Julia getreten war, und ging die Wendeltreppe hinauf zum Speicher.

Dort standen Kisten, alte Koffer, einige Möbelstücke, eine beschädigte Porzellanlampe, einiges Geschirr.

Er öffnete einen der Koffer. Kleider... altmodische Damenkleider. Die gehörten wahrscheinlich Miss Blacklock oder ihrer verstorbenen Schwester.

Er öffnete einen anderen Koffer: Vorhänge.

Dann öffnete er ein Handköfferchen: Papiere und Briefe, vergilbte Briefe mit verblaßter Schrift.

Auf dem Deckel des Köfferchens standen die Initialen: «C. L. B.» Daraus schloß er, daß es Letitias Schwester Charlotte gehört hatte.

Er begann einen der Briefe zu lesen: «Liebste Charlotte! Gestern ging es Belle viel besser, und sie konnte mit Randall, der sich einen Tag freigemacht hatte, zu einem Picknick fahren. Die Arizona-Vorzugsaktien steigen dauernd, Randall verdient ein Vermögen daran...»

Den Rest überflog Craddock und schaute auf die Unterschrift: «Viele Küsse, Deine Letitia.»

Er nahm einen anderen Brief: «Liebste Charlotte! Ich wünschte, Du würdest dich nicht so vergraben und mal ab und zu einige Leute sehen. Du übertreibst. Deine Entstellung ist nicht halb so schlimm, wie Du es Dir vorstellst. Die Leute achten gar nicht darauf...»

Craddock nickte. Er erinnerte sich daran, daß Belle Goedler gesagt hatte, Charlotte Blacklock habe eine entstellende Krankheit gehabt. Aus all diesen Briefen sprach Letitias liebevolle Sorge um ihre schwerkranke Schwester. Anscheinend hatte sie ständig über ihr Leben und Treiben ausführliche Berichte geschrieben, von denen sie glaubte, sie könnten das kranke Mädchen interessieren. Und Charlotte hatte diese Briefe aufbewahrt; einigen waren auch Schnappschüsse beigefügt.

Craddock war ganz aufgeregt. Hier könnte er auf einen Hinweis stoßen; in diesen Briefen könnten Tatsachen erwähnt sein, die Letitia Blacklock längst vergessen hatte. Hier könnte er ein treues Abbild der Vergangenheit finden, es könnte ihm helfen, die – oder den – Unbekannten zu identifizieren.

Sorgfältig packte er die Briefe zusammen und ging hinunter.

Auf dem Flur im ersten Stock begegnete ihm Letitia, die ihn erstaunt fragte:

«Ach... Sie waren auf dem Speicher? Ich hörte Schritte und konnte mir gar nicht vorstellen, wer...»

«Miss Blacklock, ich habe einige Briefe gefunden, die Sie vor vielen Jahren Ihrer Schwester Charlotte geschrieben haben. Gestatten Sie mir, daß ich sie mitnehme und lese?»

Sie wurde rot vor Ärger.

«Ist das denn nötig?» entgegnete sie scharf. «Warum? Was für ein Interesse haben Sie an den Briefen?»

«Es könnte darin einiges über Sonja Goedler stehen, es mögen Hinweise darin sein, die mir meine Nachforschungen erleichtern.»

«Es sind Privatbriefe, Herr Inspektor!»

«Ich weiß.»

«Ich nehme an, daß Sie diese Briefe auf jeden Fall mitnehmen werden. Sie haben die Vollmacht, es zu tun, oder werden diese Vollmacht leicht erhalten. Nehmen Sie sie in Gottes Namen! Aber Sie werden darin sehr wenig über Sonja finden. Sie heiratete und ging fort, ein, zwei Jahre, nachdem ich zu Goedler kam.»

Hartnäckig erwiderte Craddock:

«Es könnte etwas darin stehen. Wir müssen alles versuchen, ich versichere Ihnen, die Gefahr ist wirklich groß!»

Sie biß sich auf die Lippen und meinte:

«Ich weiß, Bunny ist tot. Und zwar wurde sie mit einer Aspirintablette vergiftet, die für mich bestimmt war. Das nächste Mal kann es statt meiner Patrick oder Julia und Phillipa oder Mizzi treffen, junge Menschen, die meinetwegen ihr Leben verlieren würden. Jemand trinkt ein Glas Wein, das für mich eingeschenkt wurde, oder ißt ein Stück Schokolade, das mir zugedacht war. Also nehmen Sie die Briefe. Aber verbrennen Sie sie nachher. Es ist alles vorbei, vergangen, versunken. Niemand erinnert sich jetzt ...»

Sie faßte an ihr Halsband aus falschen Perlen. Und wieder dachte Craddock, wie wenig dieser unechte Schmuck zu dem schlichten Jackenkleid paßte.

Am nächsten Tag, es war trüb und stürmisch, ging der Inspektor ins Pfarrhaus.

Miss Marple saß dicht am Kamin und strickte, während Bunch auf allen vieren auf dem Boden umherkroch und ein Schnittmuster anfertigte.

«Es ist zwar ein Vertrauensbruch», sagte Craddock zu Miss Marple, «aber ich bitte Sie trotzdem, diesen Brief zu lesen.»

Er erzählte, wie er die Briefe auf dem Speicher entdeckt hatte.

«Sie sind wirklich rührend, diese Briefe», erklärte er. «Man sieht den alten Vater direkt vor sich, diesen Doktor Blacklock. Ein richtiger Tyrann.»

Miss Marple nahm den Brief, entfaltete ihn und begann zu lesen:

Liebste Charlotte!

Ich habe Dir zwei Tage lang nicht geschrieben, weil hier ein fürchterlicher Familienstreit im Gange ist. Du erinnerst Dich doch noch an Randalls Schwester Sonja. Sie hat Dich einmal mit dem Auto abgeholt und mit Dir einen Ausflug gemacht. Ich wünschte so sehr, daß Du das des öfteren tun könntest. Also Sonja hat Randall erklärt, sie wolle einen gewissen Dimitri Stamfordis heiraten. Ich habe den Mann erst einmal gesehen. Er sieht sehr gut aus, man kann ihm aber meines Erachtens nicht über den Weg trauen. Randall ist außer sich vor Wut und sagt, er wäre ein Gauner und Betrüger. Belle, lieb wie sie ist, liegt auf dem Sofa und lächelt nur. Und Sonja, die scheinbar ruhig ist, hat eine fürchterliche Wut auf Randall.

Ich habe alles mögliche versucht. Ich habe mit Sonja gesprochen und mit Randall und habe sie etwas zur Vernunft gebracht, aber sowie die beiden wieder miteinander sprechen, beginnt der Streit von neuem.

Inzwischen vernachlässigt er das Geschäft. Ich bin jetzt meist allein im Büro, was mir Freude macht, denn Randall läßt mir freie Hand. Gestern sagte er mir: «Gott sei Dank, daß es wenigstens noch einen vernünftigen Menschen auf der Welt gibt. Sie werden sich doch nie in einen Gauner verlieben, Blackie?» Ich antwortete ihm, daß das höchst unwahrscheinlich sei.

Belle lacht nur über alles. Sie hält diesen ganzen Streit für einen Unsinn. Gestern sagte sie zu mir: «Ich glaube, Sonja möchte sich mit Randall vertragen wegen des Geldes. Sie hängt sehr am Geld.»

Wie geht es Vater? Kommst du mit andern Menschen zusammen? Du darfst Dich nicht zu sehr verkriechen, Liebling.

Sonja läßt Dich grüßen. Soeben kam sie zu mir und öffnete und schloß die Hände wie eine wütende Katze, die ihre Krallen schärft. Ich nehme an, daß sie wieder mit Randall Streit gehabt hat.

Verliere nicht den Mut, Liebling. Diese Jodkur kann Dich

vielleicht völlig heilen. Ich habe mich erkundigt und habe gehört, daß schon fabelhafte Erfolge damit erzielt wurden. Viele Küsse von Deiner Dich liebenden

Letitia.

Miss Marple faltete nachdenklich den Brief zusammen und gab ihn Craddock zurück.

«Was sagen Sie dazu?» fragte er erwartungsvoll. «Was für einen Eindruck haben Sie bekommen?»

«Von Sonja? Es ist sehr schwer, sich aus der Schilderung einer Dritten ein Bild zu machen . . . Sie scheint ihren eigenen Kopf zu haben, das geht klar daraus hervor.»

«Öffnet und schließt die Hände wie eine wütende Katze», murmelte Craddock. «Das erinnert mich an jemanden . . .»

Er runzelte die Stirn, dann fuhr er fort:

«Wir haben noch nicht herausbekommen, woher der Revolver stammt. Jedenfalls gehörte er nicht Schwarz. Wenn ich nur wüßte, wer in Chipping Cleghorn einen Revolver besaß.»

«Colonel Easterbrook hat einen», sagte Bunch. «Er bewahrt ihn in der Schublade seiner Schlafzimmerkommode auf.»

«Woher wissen Sie das, Mrs. Harmond?»

«Von Mrs. Butt, meiner Putzfrau, die zweimal in der Woche zu mir kommt. Sie hat mir erzählt, daß er als ehemaliger Offizier natürlich einen Revolver hätte, und das sei sehr gut, wenn ein Einbrecher käme.»

«Wann hat sie Ihnen das erzählt?»

«Vor einer Ewigkeit, ich glaube, so vor einem halben Jahr.»

«Colonel Easterbrook?» murmelte Craddock. «Einige Tage vor dem Überfall war er in Little Paddocks, er hat ein Buch hingebracht. Er könnte dabei die Tür geölt haben. Aber er hat seinen Besuch sofort eingestanden, im Gegensatz zu Miss Hinchliffe.»

Miss Marple hüstelte.

«Sie müssen an die Zeiten denken, in denen wir leben, Herr Inspektor», sagte sie.

Craddock blickte sie verständnislos an.

«Schließlich gehören Sie doch zur Polizei», erklärte sie. «Die Leute können doch der Polizei nicht alles sagen.»

«Ich sehe nicht ein, warum nicht», widersprach Craddock, «es sei denn, sie hätten etwas Verbrecherisches zu verbergen.»

«Sie meint Butter», erklärte nun Bunch, «Butter und Kornfutter für die Hühner und manchmal Rahm... und manchmal eine Speckseite.»

«Zeig ihm den Zettel von Miss Blacklock», sagte Miss Marple.

«Er ist schon vor einiger Zeit geschrieben, aber man könnte meinen, er sei aus einem Kriminalroman.»

Bunch gab dem Inspektor den Zettel.

«Ich habe mich erkundigt. Es ist am Donnerstag», hatte Miss Blacklock geschrieben. «Irgendwann nach drei Uhr. Wenn Sie etwas für mich bekommen haben, lassen Sie es, bitte, an der üblichen Stelle.»

Bunch spuckte lachend die Nadeln aus dem Mund, und Miss Marple betrachtete amüsiert das erstaunte Gesicht des Inspektors.

Schließlich gab die Pfarrersfrau die Erklärung:

«Donnerstag buttern unsere Bauern und geben Butter schwarz ab. Gewöhnlich holt Miss Hinchliffe sie ab. Sie steht mit allen Bauern auf bestem Fuß, ich nehme an, wegen ihrer Schweine. Und ganz heimlich geht im Ort ein Tauschhandel vor sich. Der eine schickt gegen Butter Gurken oder so was Ähnliches, oder ein Stück Fleisch, wenn ein Schwein geschlachtet wird – ab und zu erleidet ein Tier einen Unfall und muß notgeschlachtet werden. Also, Sie können es sich ja denken. Aber das kann man doch nicht gut der Polizei erklären. Ich glaube, daß dieser Tauschhandel meist illegal ist, doch niemand erfährt etwas davon, weil alles so kompliziert ist. Ich denke mir, daß Hinch ein Pfund Butter oder irgend so etwas nach Little Paddocks gebracht und es an die übliche Stelle gelegt hat.»

Seufzend sagte Craddock:

«Ich bin froh, daß ich zu Ihnen gekommen bin, meine Damen, aber es ist besser, Sie erzählen mir nichts mehr davon. Es ist natürlich höchst ungesetzlich.»

«Es sollte keine so albernen Gesetze geben», entgegnete Bunch, die gerade wieder Nadeln in den Mund nahm. «Ich mache es nicht, weil Julian es mir strikt verboten hat, aber ich weiß natürlich auch, was gespielt wird.»

Den Inspektor packte eine Art Verzweiflung.

«Jetzt sind bereits ein Mann und eine Frau ermordet worden, und eine andere Frau kann das Opfer sein, bevor ich imstande bin, etwas dagegen zu tun. Augenblicklich konzentriere ich meinen Gedankengang auf Sonja. Wenn ich nur wüßte, wie sie aussah. Bei den vorgefundenen Briefen befinden sich ein paar Schnappschüsse, aber auf keiner ist sie mit drauf.»

«Woher wissen Sie das denn? Sie wissen ja nicht, wie sie aussah.»

«Sie war klein und dunkel, sagte Miss Blacklock.»

«Ach, das ist aber höchst interessant!» meinte Miss Marple.

«Auf einer Aufnahme war ein Mädchen, das mich an jemanden erinnert, ein großes, blondes Mädchen, das Haar hochfrisiert. Ich weiß nicht, wer es sein könnte, jedenfalls nichts Sonja. Meinen Sie, daß Mrs. Swettenham in ihrer Jugend dunkles Haar gehabt haben könnte?»

«Nicht sehr dunkel», antwortete Bunch. «Sie hat blaue Augen.»

Das Telefon läutete.

Bunch stand auf und ging in die Halle.

Nach einem Augenblick kam sie zurück und sagte zu Craddock: «Es ist für Sie.»

Überrascht ging er an den Apparat.

«Craddock? Hier Rydesdale.»

«Jawohl, Sir.»

«Ich habe Ihren Bericht gelesen. Phillipa Haymes hat also geleugnet, ihren Mann seit seiner Desertion gesehen zu haben?»

121

«Meiner Ansicht nach hat sie gelogen.»

«Das glaube ich auch. Aber erinnern Sie sich an einen Unfall vor etwa zehn Tagen: Ein Mann wurde von einem Lastwagen überfahren und mit einem schweren Schädelbruch ins Krankenhaus in Milchester eingeliefert?»

«Ist das der Mann, der ein Kind vor den Rädern des Lastwagens wegriß und dabei selbst überfahren wurde?»

«Genau der. Er hatte keinerlei Papiere bei sich, und niemand konnte ihn identifizieren. Letzte Nacht ist er gestorben, ohne das Bewußtsein wiedererlangt zu haben. Aber er ist jetzt identifiziert worden: Es war Ronald Haymes. Ex-Captain und Deserteur.»

«Phillipa Haymes' Mann?»

«Ja. Übrigens hatte er ein altes Autobusbillett nach Chipping Cleghorn in der Tasche und ziemlich viel Geld.»

«So hat er also Geld von seiner Frau bekommen. Ich vermutete schon seit einiger Zeit, daß er der Mann war, den Mizzi mit ihr im Gartenhäuschen sprechen hörte. Sie leugnete es natürlich. Aber, Sir, dieser Unfall war doch vor...»

Rydesdale nahm ihm das Wort aus dem Mund:

«So ist es, Haymes wurde am 28. ins Spital eingeliefert, und der Überfall fand am 29. statt. Er kann also nichts damit zu tun haben. Aber seine Frau weiß natürlich nichts von dem Unfall, und sie mag die ganze Zeit geglaubt haben, er sei an dem Mord beteiligt gewesen. Und so hat sie natürlich den Mund gehalten; immerhin war er ja ihr Mann.»

19

«Ich stelle die Lampe hier neben dich auf den Tisch», sagte Bunch.

«Es ist so dunkel, jeden Moment kann ein Unwetter losbrechen, aber ich muß fort.»

Sie stellte die kleine Leselampe auf den Tisch neben Miss Marple, die strickend in einem großen Sessel saß.

Als Bunch die Schnur über den Tisch legte, sprang Tiglatpileser, der Kater, darauf, krallte sich in der Schnur fest und biß hinein.

«Aber, Tiglatpileser, das darfst du nicht tun ... du böses Tier! Schau mal, Tante Jane, er hat die Schnur fast ganz durchgebissen ... Siehst du denn nicht ein, du dummer Kater, daß du einen bösen elektrischen Schlag kriegen kannst, wenn du das tust?»

«Danke schön, mein Kind», sagte Miss Marple und streckte die Hand aus, um die Lampe anzuknipsen.

«Nein, da nicht. Der Schalter ist mitten in der Schnur. Einen Moment, ich stelle die Vase beiseite.»

Sie hob eine Vase mit Herbstrosen hoch. Tiglatpileser sprang auf sie zu und krallte sich an ihrem Arm fest.

Vor Schreck verschüttete Bunch etwas Wasser, das auf die Stelle spritzte, an der die zerbissene Schnur lag, und auf den Kater, der empört fauchend zu Boden sprang.

Miss Marple drückte auf den Schalter, und sofort sprühten an der feuchten Stelle knisternde Funken hoch.

«Mein Gott!» rief Bunch. «Jetzt haben wir sicher einen Kurzschluß, im ganzen Haus wird das Licht nicht funktionieren.»

Sie knipste den Zimmerschalter an, aber die Deckenbeleuchtung funktionierte nicht.

«Da haben wir die Bescherung. Zu dumm, daß alles an einer Sicherung hängt. Und da ist auch ein Loch in den Tisch gebrannt. Böser Tiglatpileser, das ist deine Schuld ... Tante Jane, was hast du denn? Hat dich das so erschreckt?»

«Es ist nichts, mein Kind, mir ist nur plötzlich etwas eingefallen, das mir schon längst hätte in den Sinn kommen müssen.»

«Ich schraube eine neue Sicherung ein und bringe dir Julians Schreibtischlampe.»

«Danke, nein, mein Kind, bemühe dich nicht, du versäumst noch deinen Bus. Ich brauche kein Licht, ich will einfach ruhig dasitzen und über etwas nachdenken. Aber eil dich, sonst kriegst du den Bus nicht mehr.»

123

Nachdem Bunch fortgegangen war, saß Miss Marple eine Weile ganz still da.

Dann nahm sie ein Stück Papier und schrieb das eine Wort «Lampe?» und unterstrich es doppelt.

Nach einigen Sekunden schrieb sie wieder ein Wort, und dann kritzelte sie noch mehrere geheimnisvolle Bemerkungen...

In dem ziemlich dunklen Wohnzimmer von Boulders hatten Miss Hinchliffe und Miss Murgatroyd eine kleine Auseinandersetzung.

«Das Schlimme mit dir, Amy, ist», schimpfte Miss Hinchliffe, «daß du dir nicht einmal Mühe gibst.»

«Aber ich sage dir doch, Martha, daß ich mich an nichts mehr erinnern kann.»

«Also hör zu, Amy, wir müssen ein bißchen konstruktiv denken. Bisher haben wir ja noch keine detektivischen Glanzstücke vollbracht. Mit der Tür habe ich mich völlig geirrt. Du hast gar nicht dem Mörder die Tür aufgehalten! Es ist unser Pech, daß wir die einzige schweigsame Putzfrau von ganz Chipping Cleghorn haben. Meist bin ich ja froh darüber, aber diesmal stört es mich. Das ganze Dorf weiß schon seit einer Ewigkeit, daß die zweite Wohnzimmertür benützt worden ist, und wir haben es erst gestern erfahren...»

«Ich verstehe noch immer nicht, wieso...»

«Aber das ist doch höchst einfach! Mit unserer ursprünglichen Annahme hatten wir vollkommen recht. Ein Mensch allein kann nicht gleichzeitig eine Tür aufhalten, mit einer Blendlaterne herumfuchteln und mit einem Revolver schießen. Wir nahmen an, er hätte nur mit dem Revolver und der Laterne hantiert, aber das war unser Fehler, wir hätten den Revolver ausnehmen müssen.»

«Aber er hatte doch einen Revolver», widersprach Amy. «Ich habe ihn doch gesehen, er lag auf dem Boden neben ihm.»

«Ja, nachdem der Kerl tot war. Es ist ganz klar, er hat nicht geschossen...»

«Aber wer denn sonst?»

«Das müssen wir eben herausfinden. Und wer es getan hat, hat auch die vergifteten Aspirintabletten auf Letty Blacklocks Nachttisch gestellt und so die arme Dora Bunner umgebracht. Und das kann dieser Schwarz nicht getan haben, denn er war ja schon tot. Es muß also jemand gewesen sein, der beim Überfall im Wohnzimmer war, und wahrscheinlich jemand, der an der Geburtstagsfeier teilnahm. Die einzige Person, die dadurch ausscheidet, ist Mrs. Harmond.»

«Du glaubst, daß jemand während der Geburtstagsfeier diese vergifteten Tabletten in das Fläschchen getan hat?»

«Natürlich! Aber frag nicht so dumm, Amy. Ich will mich jetzt zunächst mit dem Überfall beschäftigen. Streng ein bißchen dein Hirn an, denn alles hängt von dir ab.»

«Von mir!» stieß Amy ängstlich hervor. «Aber ich weiß doch nichts, wirklich nicht, Martha!»

«Benutze ein bißchen diese Strohmasse, die du dein Hirn nennst! Also zunächst: Wo waren die einzelnen Leute, als das Licht ausging...?»

«Ich weiß nicht.»

«Doch, du weißt es! Du gehst einem wirklich auf die Nerven, Amy. Du weißt doch, wo du warst, oder nicht? Du hast neben der Tür gestanden!»

«Ja. Sie ist gegen meine Hühneraugen gestoßen, als der Mann sie aufriß.»

«Warum gehst du nicht zu einem richtigen Hühneraugenoperateur, statt selbst an deinem Fuß herumzuschneiden! Eines Tages wirst du dir noch eine Blutvergiftung holen. Also: Du hast neben der Tür gestanden. Ich stand beim Kamin, und die Zunge hing mir zum Hals heraus, weil ich nichts zu trinken bekam. Letty Blacklock stand am Tisch neben dem Türbogen und holte Zigaretten. Patrick Simmons war in den Nebenraum gegangen, um die Getränke zu holen... richtig?»

«Ja, ich erinnere mich.»

«Gut. Irgend jemand ging hinter Patrick in den Nebenraum, einer der Männer. Das Dumme ist, daß ich nicht mehr weiß, ob es Easterbrook oder Edmund Swettenham war. Erinnerst du dich noch?»

«Nein.»

«Natürlich nicht! Und dann ging noch jemand in den Nebenraum – Phillipa Haymes. Daran erinnere ich mich noch genau, denn ich dachte, was für einen schönen Rücken die Frau hat und wie gut sie auf einem Pferd aussehen würde. Sie ging zum Kamin im Nebenraum. Ich weiß nicht, was sie dort suchte, denn in dem Moment ging das Licht aus. Also da hätten wir folgende Situation: Im Nebenraum sind Patrick Simmons, Phillipa Haymes und entweder Colonel Easterbrook oder Edmund Swettenham. Nun paß gut auf, Amy! Wahrscheinlich hat jemand von den dreien es getan, denn wenn jemand zu der zweiten Tür hinausgehen wollte, trachtete der Betreffende natürlich, im Nebenraum zu sein, wenn das Licht ausging. Wenn das der Fall ist, Amy, kannst du nichts zur Klärung des Falles beitragen.»

Amys Miene hellte sich auf.

«Aber es besteht die Möglichkeit», fuhr Martha fort, «daß es keiner von den dreien war; dann brauchen wir dich wieder, Amy.»

«Aber wie soll ich denn das wissen?» fragte Amy wieder.

«Ich sagte dir schon vorhin, daß du der einzige Mensch bist, der es wissen kann, denn du warst der einzige Mensch im Zimmer, der etwas sehen konnte. Du hast neben der Tür gestanden, dich hat die Laterne nicht geblendet, denn zwischen dem Mann und dir war die Tür. Du hast mit dem Schein der Laterne ins Zimmer gesehen, wir andern wurden ja von ihr geblendet, du aber nicht», erklärte ihr Martha.

«Aber ich habe nichts gesehen, der Schein der Laterne ist doch gewandert . . .»

«Und was hast du da gesehen? Das Licht hat Gesichter erhellt, nicht wahr? Und Tische? Und Stühle?»

«Ja . . . das schon . . . Miss Bunner stand da, den Mund weit aufgerissen, die Augen fielen ihr fast aus dem Kopf, und sie blinzelte . . . aber mehr habe ich wirklich nicht gesehen.»

«Du meinst, du hast ein leeres Zimmer gesehen? Niemand stand dort? Niemand hat dagesessen?»

«Natürlich nicht. Miss Bunner hatte den Mund weit aufgerissen, und Mrs. Harmond saß auf der Lehne eines Sessels; sie hatte die Augen fest zugekniffen und die Fäuste darauf gepreßt, wie ein kleines Kind.»

«Schön, da hätten wir also Mrs. Harmond und Dora Bunner. Verstehst du jetzt, worauf ich hinauswill? Wenn wir die ausgeschaltet haben, die du gesehen hast, kommen wir zu dem wichtigen Punkt, nämlich: Wen du nicht gesehen hast! Kapiert? Außer den Tischen und Sesseln und den Chrysanthemen und all dem Zeug waren doch noch einige Leute da: Julia Simmons, Mrs. Swettenham, Mrs. Easterbrook, entweder Colonel Easterbrook oder Edmund Swettenham, Dora Bunner und Bunch Harmond. Also das hast du schon gesagt, daß du Bunch Harmond und Dora Bunner gesehen hast. Die können wir beiseite lassen. Nun denke scharf nach, Amy, streng dein Hirn an: Als der Kerl mit der Blendlaterne herumleuchtete, war einer der Genannten nicht im großen Zimmer?»

In diesem Augenblick zuckte Amy zusammen, da der Wind einen Ast gegen das offene Fenster geweht hatte. Sie schloß die Augen und murmelte:

«Die Blumen... auf dem Tisch... der große Sessel... der Strahl der Laterne kam nicht bis zu dir, Martha... Mrs. Harmond, ja...»

Das Telefon läutete schrill, und Martha nahm den Hörer ab:

«Hallo... Wer?... Der Bahnhof?»

Inzwischen ließ Amy gehorsam mit geschlossenen Augen die Ereignisse jenes Abends Revue passieren:

Der Strahl der Blendlaterne, der durchs Zimmer wanderte... einige Menschen... die Fenster... das Sofa... Dora Bunner... die Wand... der Tisch... mit der Lampe... der Türbogen... der Feuerschein des Revolvers...

«Aber das ist ja merkwürdig!» stieß sie auf einmal hervor...

«Was?» schnauzte Martha empört ins Telefon. «Seit heute

morgen ist er dort...? Seit wann...? Ja, sind Sie denn wahnsinnig, mich jetzt erst anzurufen...? Ich werde Ihnen den Tierschutzverein auf den Hals hetzen... Ein Versehen...? Ist das Ihre einzige Entschuldigung...?»

Wütend schmiß sie den Hörer auf die Gabel.

«Der Hund ist da», erklärte sie. «Der rote Setter. Seit heute morgen acht Uhr ist er auf dem Bahnhof! Ohne einen Tropfen Wasser! Und diese Idioten rufen erst jetzt an. Ich fahre sofort hin!»

Sie stürmte aus dem Zimmer, aufgeregt lief Amy hinter ihr her.

«Hör doch, Martha, etwas ganz Merkwürdiges... ich verstehe es nicht...»

Martha war inzwischen zum Schuppen gerannt, der als Garage diente.

«Wenn ich zurückkomme, reden wir weiter darüber», rief sie. «Ich kann nicht auf dich warten, bis du fertig bist. Du hast ja wie üblich Pantoffeln an.»

Sie drückte auf den Anlasser und fuhr mit einem Ruck aus der Garage hinaus.

Amy sprang zur Seite.

«Hör doch, Martha!» rief sie. «Ich muß dir sagen...»

«Wenn ich zurückkomme...»

Der Wagen schoß davon, Amy rief hinterher:

«Martha, sie war nicht dort...»

Der Himmel hatte sich mit tief hängenden schwarzen Wolken überzogen, und während Amy dastand und dem davonrasenden Wagen nachstarrte, fielen die ersten schweren Tropfen.

Aufgeregt lief sie zu einer Wäscheleine, auf der sie vor einigen Stunden zwei Jumper und eine wollene Kombination zum Trocknen aufgehängt hatte. Atemlos murmelte sie vor sich hin:

«Das ist wirklich sehr merkwürdig... Mein Gott, ich werde die Sachen nicht mehr rechtzeitig ins Haus bringen können... Und sie waren schon fast trocken...»

Während sie an einer Wäscheklammer zog, hörte sie

Schritte, die sich näherten; sie wandte den Kopf. Dann lächelte sie freundlich und rief: «Guten Abend... Gehen Sie doch gleich ins Haus, Sie werden sonst naß.»

«Darf ich Ihnen helfen?»

«Oh, sehr liebenswürdig... Es wäre so ärgerlich, wenn die Sachen wieder naß würden. Das beste wäre, wenn ich die Leine einfach herunterließe, aber ich reiche nicht so weit hinauf.»

«Hier ist Ihr Schal. Soll ich ihn Ihnen umlegen?»

«Oh, vielen Dank... ja, bitte... Wenn ich doch nur an diese Klammer käme...»

Der wollene Schal wurde um ihren Hals geschlungen, und dann, plötzlich, fest zugezogen.

Amy öffnete den Mund... nur ein schwaches Gurgeln ertönte. Immer fester wurde der Schal gezogen...

Auf der Rückfahrt vom Bahnhof hielt Miss Hinschliffe in der Hauptstraße an, da sie Miss Marple im Regen einhereilen sah, und rief:

«Guten Abend! Sie werden ja ganz naß. Steigen Sie ein, und trinken Sie eine Tasse Tee bei uns. Ich habe Bunch auf den Autobus warten sehen, kein Mensch ist im Pfarrhaus. Kommen Sie mit! Amy und ich machen gerade eine Rekonstruktion des Überfalls, und ich glaube, wir haben etwas herausgefunden... Passen Sie auf den Hund auf, er ist ziemlich aufgeregt.»

«Ein wunderschönes Tier!»

«Nicht wahr? Diese Idioten haben ihn seit heute morgen am Bahnhof gelassen, ohne mich zu benachrichtigen.»

Der kleine Wagen fuhr in den Hinterhof des Hauses. Eine Schar hungriger Enten und Hühner umdrängte die beiden Damen, als sie ausstiegen.

«Diese faule Amy!» rief Martha. «Sie hat ihnen nicht ein einziges Körnchen gegeben.»

Die Hühner fortscheuchend, führte sie Miss Marple ins Haus.

«Hallo... Amy... wo bist du?» rief sie. «Wo steckt sie

nur...? Amy...? Wo ist denn der Hund? Der ist jetzt auch verschwunden.»

Ein tiefes, klägliches Heulen ertönte aus dem Garten.

«Zum Teufel!»

Sie stapfte hinaus. Der rote Setter schnüffelte an einer Gestalt, die auf dem Boden unter der Leine lag, an der Wäschestücke im Winde flatterten.

«Amy hatte nicht einmal soviel Verstand, die Wäsche ins Haus zu holen», knurrte Martha. «Wo steckt sie nur?»

Der Hund reckte den Kopf und stieß wieder ein klägliches Heulen aus.

«Was ist denn mit dem Hund los?»

Sie ging über den Rasen.

Besorgt lief Miss Marple hinter ihr drein.

Beide standen nebeneinander, der Regen klatschte ihnen ins Gesicht, die Ältere legte den Arm um die Schultern der andern.

Sie spürte, wie Martha sich versteifte, während sie auf die Gestalt hinabblickte, die mit verzerrtem Gesicht und heraushängender Zunge dalag.

«Ich werde sie umbringen, wer auch immer es war!» zischte Martha, «wenn sie mir in die Hände gerät...»

«Sie?» fragte Miss Marple.

Martha wandte ihr das schmerzverzerrte Gesicht zu.

«Jawohl. Ich bin ihr fast auf der Spur... das heißt, es gibt drei Möglichkeiten.»

Sie blieb noch einen Augenblick stehen und blickte auf ihre tote Freundin, dann ging sie zum Haus. Ihre Stimme klang trocken und hart.

«Wir müssen die Polizei anrufen», sagte sie. «Inzwischen werde ich es Ihnen erklären. Es ist meine Schuld, daß Amy dort liegt. Ich hatte ein Spiel daraus gemacht... und ein Mord ist kein Spiel...»

«Nein», sagte Miss Marple, «weiß Gott nicht.»

Martha erstattete am Telefon einen kurzen Bericht und schilderte, nachdem sie den Hörer aufgelegt hatte, Miss Marple ihr Gespräch mit Amy.

«Sie rief noch etwas hinter mir her, als ich davonfuhr...
Daher weiß ich, daß es eine Frau und kein Mann ist... Wenn
ich doch nur gewartet, wenn ich ihr doch nur zugehört hätte!
Verdammt noch mal, der Hund hätte auch noch eine Viertelstunde länger auf dem Bahnhof bleiben können... Während
Amy sprach, war ein Geräusch am Fenster, ich erinnere mich
jetzt. Vielleicht stand sie vor dem Fenster... Natürlich, so
muß es gewesen sein... sie wollte uns gerade besuchen...
und Amy und ich sprachen laut miteinander... da hörte sie
alles...»

«Sie haben mir noch nicht gesagt, was Ihre Freundin
gerufen hat.»

«Nur einen Satz: ‹Sie war nicht dort!›»

Martha schwieg eine Weile.

«Verstehen Sie, wir hatten drei Frauen noch nicht ausgeschaltet: Mrs. Swettenham, Mrs. Easterbrook, Julia Simmons. Eine von den dreien war nicht dort. Sie war nicht im
Wohnzimmer, weil sie sich durch die andere Tür in die Halle
geschlichen hatte.»

«Ja, ich verstehe», sagte Miss Marple.

«Eine von den dreien ist es, ich weiß nicht, welche, aber,
bei Gott, ich werde es herausfinden!»

20

Am Nachmittag, zehn Minuten vor fünf, hatte der Briefträger
drei Briefe nach Little Paddocks gebracht.

Der eine, dessen Adresse eine Kinderhandschrift aufwies,
war für Phillipa Haymes, die zwei anderen waren für Miss
Blacklock.

Beide Damen setzten sich an den Teetisch und öffneten die
Briefe.

Der erste Brief für Miss Blacklock enthielt eine Rechnung
für eine Boiler-Reparatur, der zweite lautete folgenderma-
ßen:

Liebe Tante Letty!

Ich hoffe, daß es Dir recht ist, wenn ich Dienstag zu Dir komme! Ich schrieb Patrick vor zwei Tagen, aber er hat mir nicht geantwortet, daher nehme ich an, daß Du mit meinem Besuch einverstanden bist. Mutter kommt nächsten Monat nach England und freut sich schon darauf, Dich wiederzusehen.

Mein Zug ist um 6 Uhr 15 in Chipping Cleghorn. Herzliche Grüße von Deiner Nichte

Julia Simmons

Verblüfft las Miss Blacklock den Brief ein zweites Mal, und ihr Gesicht nahm einen grimmigen Ausdruck an. Sie sah zu Phillipa hinüber, die lächelnd in das Schreiben ihres Sohnes vertieft war.

«Sind Julia und Patrick schon zurückgekommen?» fragte Miss Blacklock.

Phillipa blickte auf.

«Ja, sie kamen gleich nach mir. Sie ziehen sich um, weil sie klatschnaß sind.»

«Ruf sie doch, bitte . . . einen Moment, lies das erst!»

Sie gab Phillipa den Brief, den diese stirnrunzelnd las.

«Ich verstehe nicht . . .»

«Ich auch nicht . . . aber ich werde es wahrscheinlich schnell klären. Ruf bitte Patrick und Julia!»

Phillipa ging in die Halle und rief:

«Patrick! Julia! Tante Letty möchte euch sprechen.»

Patrick kam die Treppe heruntergerannt und trat ins Zimmer.

«Bleib hier, Phillipa!» sagte Miss Blacklock.

«Guten Abend, Tante Letty», rief Patrick vergnügt. «Was ist?»

«Würdest du mir das, bitte, erklären!»

Sie reichte ihm den Brief, und Patricks Gesicht verzog sich zu einem kläglichen Grinsen, während er las.

«Ich wollte ihr telegrafieren! Ich Idiot!»

«Ich nehme an, daß der Brief von deiner Schwester Julia ist?»

«Ja...»

Nun sagte Miss Blacklock grimmig:

«Darf ich dich fragen, wer das Mädchen ist, das du als Julia Simmons, als deine Schwester und meine Nichte, ins Haus gebracht hast?»

«Also... siehst du... Tante Letty... also es ist so: Ich kann dir alles erklären... ich weiß, es war nicht recht von mir... es schien so ein wunderbarer Spaß zu sein... also darf ich dir erklären...»

«Ich warte darauf. Wer ist das Mädchen?»

«Also kurz nach meiner Entlassung habe ich sie auf einer Party kennengelernt. Während der Unterhaltung erzählte ich ihr, daß ich zu dir ginge... ja, und dann fanden wir, daß das doch eigentlich ganz lustig wäre, wenn ich sie mitnähme... weißt du, Julia, die richtige Julia, wollte zur Bühne gehen, und Mutter hatte deswegen fast einen Tobsuchtsanfall bekommen... Julia hatte nun gerade eine Chance, sich einer Theatertruppe anzuschließen... und da täuschte sie Mama vor, sie sei mir mir zusammen hier und absolviere brav einen Laborantinnenkurs im Krankenhaus.»

«Du hast mir noch immer nicht gesagt, wer dieses Mädchen ist.»

Zu Patricks sichtlicher Erleichterung trat gerade Julia, kühl und überlegen, ins Zimmer.

«Der Bart ist ab!» verkündete er.

Julia hob die Brauen, trat zu einem Sessel und setzte sich.

«So», sagte sie. «So weit sind wir also. Ich nehme an, du bist sehr wütend... ich darf doch weiter du sagen?»

Sie betrachtete forschend Miss Blacklocks Gesicht.

«Ich wäre an deiner Stelle auch wütend.»

«Wer bist du?»

Julia stieß einen tiefen Seufzer aus. «Ich glaube, ich muß nun mit allem rausrücken. Also ich bin die eine Hälfte des Zwillingspaares Pip und Emma, genauer gesagt, mein richtiger Name ist Emma Jocelyn Stamfordis – den Namen Stamfordis hat Vater allerdings bald abgelegt –, ich glaube, er nannte sich dann de Courcy.

Ungefähr drei Jahre nach meiner Geburt gingen meine Eltern auseinander, und wir Zwillinge wurden getrennt. Ich wurde Vater zugeteilt. Im großen und ganzen war er ein schlechter Vater, aber ein höchst charmanter. Ab und zu wurde ich in eine Klosterschule gesteckt, wenn Vater kein Geld hatte oder wenn er etwas besonders Schlimmes landen wollte. Die erste Rate des Schulgeldes pflegte er zu zahlen, dann überließ er mich für ein, zwei Jahre den Nonnen. Dann gab es wieder Zeiten, da ich mit ihm in der großen Welt herumreiste, und es war recht amüsant.

Durch den Krieg kamen wir völlig auseinander, ich habe keine Ahnung, was aus ihm geworden ist. Mein Leben war ziemlich abenteuerlich. Eine Zeitlang arbeitete ich für die Résistance, was sehr aufregend war. Aber, um die Geschichte kurz zu machen: Nach dem Krieg landete ich in London und fing an, über meine Zukunft nachzudenken.

Ich wußte, daß Mutters Bruder, mit dem sie sich verkracht hatte, als schwerreicher Mann gestorben war. Ich sah mir sein Testament an, um festzustellen, ob er mir etwas vermacht habe. Das war nicht der Fall, oder richtiger gesagt, nicht direkt. Dann zog ich Erkundigungen über seine Witwe ein und hörte, daß sie es nicht mehr lange machen würde.

Also, offen gestanden, es sah so aus, als ob du mir die besten Aussichten bieten könntest. Du würdest einen Haufen Geld kriegen, und soweit ich feststellen konnte, schienst du keinen Menschen zu haben, für den du es ausgeben könntest. Ich will ganz offen sein. Ich dachte mir, dich auf freundschaftliche Art kennenzulernen, und wenn ich dir gefiele...

Alles Geld, das wir je gehabt hatten, ist natürlich im Krieg zum Teufel gegangen. Ich dachte mir, du würdest vielleicht Mitleid mit einem armen Waisenkind haben, das allein in der Welt steht, und mir einen kleinen Zuschuß gewähren.»

«Was du nicht sagst!» schnaubte Miss Blacklock grimmig.

«So ist es. Ich hatte ja keine Ahnung von dir... Ich hatte geplant, auf deine Mitleidsdrüse zu wirken... Und dann, durch einen glücklichen Zufall, lernte ich Patrick kennen, und es stellte sich heraus, daß er dein Neffe ist. Ich fand das eine fabelhafte Chance, machte mich also an Patrick heran, und er fiel erfreulicherweise sofort auf mich herein.

Du darfst es Patrick nicht allzu übelnehmen. Er hatte Mitlied mit mir, da ich ganz allein in der Welt stand, und er fand, es wäre wirklich gut für mich, hier als seine Schwester aufzutreten und mich bei dir beliebt zu machen.»

«Und er war auch damit einverstanden, daß du der Polizei eine Lüge nach der andern aufgetischt hast?»

«Sei doch nicht so hart, Letty! Du kannst dir doch denken, daß ich mich nach diesem lächerlichen Überfall gar nicht mehr wohl fühlte in meiner Haut. Offensichtlich hatte ich doch ein Interesse daran, dich aus der Welt zu schaffen – ich kann dir allerdings mein Wort darauf geben, daß ich es nicht versucht habe. Aber du kannst doch nicht von mir erwarten, daß ich mich freiwillig bei der Polizei in Verdacht bringe. Selbst Patrick äußerte von Zeit zu Zeit böse Gedanken gegen mich, und wenn sogar er so etwas denken konnte, was sollte da erst die Polizei denken? Dieser Inspektor kam mir besonders skeptisch vor. Also ich fand, daß mir nichts anderes übrigbliebe, als weiterhin Julia zu spielen und mich bei der erstbesten Gelegenheit aus dem Staub zu machen.

Ich konnte ja nicht wissen, daß die verrückte Julia, die richtige Julia, Krach mit ihrem Direktor bekommen und die Truppe verlassen würde. Sie schreibt Patrick und fragt, ob sie herkommen könnte, und statt daß er ihr antwortet ‹Um Gottes willen, bleib fort!›, vergißt er es.»

Sie warf Patrick einen wütenden Blick zu.

«Dieser Idiot!»

Wieder stieß sie einen tiefen Seufzer aus.

«Du weißt gar nicht, was ich alles in Milchester angestellt habe, um die Zeit totzuschlagen. Natürlich bin ich nie im Krankenhaus gewesen, aber irgendwo mußte ich schließlich bleiben. Und so habe ich Stunden im Kino gesessen und mir wieder und wieder die blödesten Filme angeschaut.»

«Pip und Emma!» murmelte Miss Blacklock. «Trotz allem habe ich nie geglaubt, daß sie wirklich existieren...»

Prüfend betrachtete sie Julia.

«Du bist also Emma. Wo ist Pip?»

Julia hielt ihrem Blick stand und anwortete:

«Ich weiß es nicht. Ich habe keine Ahnung.»

«Ich glaube, du lügst, Julia. Wann hast du ihn zum letzten Mal gesehen?»

Julia schien einen Augenblick zu zögern, sagte dann aber klar und bestimmt:

«Als ich drei Jahre alt war, ging meine Mutter mit ihm fort, und seitdem habe ich weder ihn noch sie gesehen, ich weiß nicht, wo sie sind.»

«Ist das alles, was du zu sagen hast?»

Julia stieß einen Seufzer aus.

«Ich könnte sagen, es täte mir leid, daß ich auf diese Art bei dir eingedrungen bin, aber das wäre nicht wahr. Ich würde es wieder tun, allerdings natürlich nicht, wenn ich wüßte, daß ein Mord passiert.»

«Hör mal, Julia», sagte Miss Blacklock. »Ich nenne dich weiter so, weil ich an den Namen gewöhnt bin – du warst bei der Résistance, hast du gesagt.»

«Ja, anderthalb Jahre.»

«Dann kannst du wohl schießen?»

Wieder blickten die kühlen Augen sie starr an.

«O ja, ich bin eine erstklassige Schützin. Aber ich habe nicht auf dich geschossen; das kann ich allerdings jetzt nicht beweisen. Doch ich kann dir das eine sagen, daß ich, wenn ich auf dich geschossen hätte, dich wohl kaum verfehlt haben würde.»

Die Spannung, die im Zimmer herrschte, wurde durch das Poltern eines vorfahrenden Wagens unterbrochen.

«Wer kann denn das sein?» fragte Miss Blacklock.

Schon streckte Mizzi ihren zerzausten Kopf zur Tür herein und rief:

«Wieder ist gekommen Polizei! Das ist Verfolgung! Warum lassen sie uns nicht in Ruhe? Ich nicht länger ertragen das . . . ich werde schreiben zu Premierminister, ich werde schreiben zu Ihre König!»

Craddock schob sie nicht allzu freundlich zur Seite und trat ins Zimmer. Er blickte grimmig drein und sagte streng:

«Miss Murgatroyd ist ermordet worden, vor etwa einer Stunde wurde sie erwürgt.»

Seine Augen richteten sich auf Julia.

«Miss Simmons, wo sind Sie den Tag über gewesen?»

«In Milchester», antwortete Julia müde. «Ich bin gerade nach Hause gekommen.»

Nun wandte Craddock sich an Patrick:

«Und Sie? Sind Sie mit ihr zusammen hergekommen?»

«Ja . . . jawohl», antwortete Patrick.

«Nein!» widersprach Julia. «Es hat doch keinen Zweck, Patrick, das ist doch eine der Lügen, die sofort herauskommen. Die Autobuschauffeure kennen uns zu gut. Also, ich bin mit einem früheren Bus zurückgekommen, Herr Inspektor, mit dem Vier-Uhr-Bus.»

«Und was haben Sie dann getan?»

«Ich bin spazierengegangen.»

«In Richtung Boulders?»

«Nein, ich ging querfeldein.»

Er starrte sie durchdringend an.

Julia, die blaß geworden war und die Lippen zusammengepreßt hatte, hielt seinem Blick stand.

Bevor noch jemand etwas sagen konnte, läutete das Telefon. Mit einem fragenden Blick auf Craddock nahm Miss Blacklock den Hörer ab.

«Ja . . . Wer . . .? Oh, Bunch . . . Was? Nein . . . Sie ist nicht hiergewesen. Ich habe keine Ahnung . . . Ja, er ist hier.»

Sie ließ den Hörer sinken und sagte zu Craddock:

«Mrs. Harmond möchte Sie sprechen, Herr Inspektor.»

Mit zwei langen Schritten war Craddock neben ihr und packte den Hörer: «Hier Craddock.»

«Ich bin unruhig, Herr Inspektor.»

In Bunchs Stimme war ein kindliches Zittern.

«Tante Jane ist ausgegangen, und ich weiß nicht, wo sie ist. Und ich habe gehört, daß Miss Murgatroyd ermordet worden sei. Stimmt das?»

137

«Ja, es stimmt, Mrs. Harmond. Miss Marple war bei Miss Hinchliffe, als die Leiche gefunden wurde.»

«Ah, also dort ist sie.»

Bunchs Stimme klang erleichtert.

«Ich fürchte, nein. Sie ist vor... warten Sie... vor ungefähr einer halben Stunde von dort fortgegangen. Und sie ist noch nicht bei Ihnen?»

«Nein... es ist doch nur ein Weg von zehn Minuten. Wo kann sie nur sein?»

«Vielleicht hat sie irgendwelche Bekannten besucht.»

«Ich habe schon überall angerufen, sie ist nirgends. Ich habe Angst, Herr Inspektor.»

Ich auch, dachte er und sagte: «Ich komme sofort zu Ihnen.»

«Ja, bitte. Sie hat etwas aufgeschrieben, bevor sie ausging. Ich weiß aber nicht, was es bedeutet; es kommt mir verworren vor.»

Craddock legte den Hörer auf.

Miss Blacklock fragte besorgt:

«Ist Miss Marple etwas zugestoßen? Ich hoffe, nicht.»

«Das hoffe ich auch.»

Er hatte die Lippen grimmig verzogen.

Miss Blacklock zerrte an ihrem Perlenhalsband und sagte erregt:

«Es wird immer schlimmer. Wer das auch ist, er muß irrsinnig sein, Herr Inspektor, völlig wahnsinnig...»

«Das bezweifle ich.»

Durch das nervöse Zerren riß auf einmal das Perlenhalsband... die glänzenden weißen Kugeln rollten im Zimmer umher.

Voller Angst und Wut rief Letitia:

«Meine Perlen... meine Perlen...!»

Das klang so qualvoll, daß alle sie erstaunt anblickten. Mit einer Hand den Hals bedeckend, stürzte sie schluchzend aus dem Zimmer.

Phillipa begann die Perlen aufzulesen.

«Ich habe sie noch nie so aufgeregt gesehen», sagte sie.

«Sie trägt dieses Halsband immer. Glauben Sie, daß es einen besonderen Erinnerungswert für sie haben könnte? Vielleicht ist es ein Geschenk von Randall Goedler?»

«Das wäre möglich», antwortete langsam der Inspektor.

«Es sind doch keine echten Perlen... das kann doch nicht sein», sagte Phillipa; sie kniete noch immer und suchte die verstreuten Kugeln zusammen.

Craddock nahm eine in die Hand und wollte gerade verächtlich erwidern: «Echt? Natürlich nicht», unterdrückte aber diese Worte. Vielleicht waren sie doch echt? Sie waren zwar so groß, so gleichmäßig, so weiß, daß man sie für unecht halten mußte, aber ihm fiel ein Fall ein, da ein kostbares echtes Perlenkollier bei einem Pfandleiher für ein paar Pfund gekauft worden war.

Letitia Blacklock hatte ihm versichert, daß sich im Hause keine Kostbarkeiten befänden. Doch wenn diese Perlen echt wären, stellten sie ein Vermögen dar, und wenn sie ein Geschenk von Goedler wären, würden sie echt sein. Sie sahen unecht aus, sie mußten unecht sein, aber... wenn sie dennoch echt wären? Was wären sie dann wert? Eine Summe, die einen Mord lohnte.

Mit einem Ruck riß sich der Inspektor von seinen Überlegungen los. Miss Marple war verschwunden, er mußte ins Pfarrhaus gehen.

Er fand Bunch und ihren Mann mit ängstlichen, müden Gesichtern.

«Sie ist noch immer nicht zurückgekommen», erklärte Bunch hastig.

«Hat sie, als sie von Boulders fortging, gesagt, sie ginge direkt hierher?» fragte der Pfarrer.

«Das hat sie nicht gesagt», antwortete Craddock langsam und überlegte, wie Miss Marple gewesen war, als er sie in Boulders verlassen hatte: Die Lippen waren fest aufeinandergepreßt gewesen, und die sonst so freundlichen blauen Augen hatten finster geblickt.

Was hatte sie vorgehabt?

139

«Zuletzt sah ich sie mit Sergeant Fletcher sprechen, am Gartentor von Boulders», sagte er. «Dann ging sie auf die Straße, und ich nahm an, sie ginge direkt zu Ihnen. Vielleicht weiß Fletcher etwas. Wo steckt Fletcher?»

Craddock läutete Boulders an, aber dort wußte man nicht, wo er war, und er hatte auch nichts hinterlassen.

Dann rief Craddock die Polizei in Milchester an, aber auch dort wußte man nichts von dem Sergeant.

Auf einmal fiel ihm ein, was ihm Bunch am Telefon gesagt hatte.

«Wo ist der Zettel, den Sie vorhin erwähnt haben, Mrs. Harmond?»

Bunch brachte ihn.

Während er las, blickte sie ihm über die Schulter. Die Schrift war zittrig, und nur mit Mühe entzifferte er:

‹Lampe›, dann: ‹Veilchen›, nach einem größeren Zwischenraum: ‹Wo ist das Aspirinfläschchen?› Das nächste war noch schwerer zu entziffern: ‹Köstlicher Tod.›

Bunch erklärte: «Das ist Mizzis Torte.»

«‹Schweres Leiden tapfer ertragen›... Was soll das wohl heißen...?» murmelte der Inspektor und las weiter: «‹Jod›... ‹Perlen›... Ach ja», sagte er, «das Perlenhalsband.»

«Und dann ‹Lotty, nicht Letty›, las Bunch. «Ihre ‹e› sehen wie ‹o› aus. Und dann ‹Bern›.»

Beide blickten einander erstaunt an.

Schließlich fragte Bunch:

«Hat das für Sie einen Sinn? Ich begreife nichts.»

«Mir dämmert etwas», erwiderte Craddock gedehnt. «Aber ich verstehe es noch nicht ganz. Jedenfalls ist es merkwürdig, daß sie die Perlen erwähnt.»

«Was ist mit den Perlen? Was bedeutet es?»

«Trägt Miss Blacklock dieses dreireihige Perlenhalsband immer?»

»Ja, fast immer. Oft machen wir uns darüber lustig, man sieht doch auf den ersten Blick, daß sie nicht echt sind. Aber sie glaubt wohl, es sei höchst elegant.»

«Es könnte einen anderen Grund haben», entgegnete Craddock langsam.

«Sie meinen doch nicht, daß sie echt sind ... das ist doch unmöglich.»

Craddock verließ das Pfarrhaus und ging zu seinem Wagen. Suchen! Es blieb ihm nichts anderes übrig, als zu suchen.

Auf einmal ertönte hinter einem tropfenden Busch eine Stimme:

«Sir!» rief Sergeant Fletcher eindringlich. «Sir ...»

21

Das Abendessen war in Little Paddocks in unbehaglichem Schweigen eingenommen worden.

Patrick, der peinlich empfand, daß er in Ungnade gefallen war, machte nur wenige krampfhafte Versuche, eine Unterhaltung in Gang zu bringen, stieß aber auf keine Resonanz.

Phillipa war tief in Gedanken versunken, und Miss Blacklock hatte nicht einmal den Versuch unternommen, ihre übliche unbefangene Art zu zeigen. Sie hatte sich zum Abendessen umgezogen und trug das Kameenhalsband. Zum ersten Mal sprach aus ihren dunklen, umränderten Augen Furcht, und ihre Hände zitterten.

Nur Julia hatte den ganzen Abend über zynische Unbekümmertheit zur Schau getragen.

«Es tut mir leid, Letty», erklärte sie, «daß ich nicht meine Siebensachen packen und das Feld räumen kann. Aber ich nehme an, die Polizei würde das nicht erlauben, doch jedenfalls werde ich ja nicht mehr lange dein Haus verunzieren – oder wie man es nennen will. Inspektor Craddock wird wohl jeden Augenblick mit einem Haftbefehl und den Handschellen auftauchen; ich wundere mich nur, daß es noch nicht geschehen ist.»

«Er sucht Miss Marple», sagte Letitia.

«Glaubst du, daß sie auch ermordet worden ist?» fragte Patrick mit beinahe wissenschaftlicher Neugierde. «Aber warum? Was könnte sie wissen?»

«Ich habe keine Ahnung», antwortete Letitia dumpf. «Vielleicht hat ihr Amy Murgatroyd ein Geheimnis anvertraut.»

«Aber wenn sie auch ermordet worden ist...», begann Patrick, konnte jedoch nicht weitersprechen, da zu aller Schrecken Letitia plötzlich schrie:

«Mord... Mord...! Könnt ihr denn von nichts anderem reden? Ich habe Angst... Versteht ihr denn nicht? Ich habe Angst, bis jetzt habe ich keine Angst gehabt. Ich hatte geglaubt, ich könnte auf mich selbst aufpassen... aber was kann man gegen einen Mörder tun, der lauert und beobachtet und seine Zeit abwartet? O Gott!»

Sie bedeckte ihr Gesicht mit den Händen.

Nach einem Augenblick sah sie wieder auf und sagte:

«Verzeihung, ich habe die Beherrschung verloren.»

«Das macht nichts, Tante Letty», redete ihr Patrick liebevoll zu. «Ich werde auf dich aufpassen.»

«Du...?»

Das war alles, was Letitia darauf erwiderte, aber dieses Wort klang fast wie eine Beschuldigung.

Diese Unterhaltung hatte kurz vor dem Abendessen stattgefunden und wurde durch Mizzi unterbrochen, die plötzlich ins Zimmer stürmte und erklärte, sie denke nicht daran, ein Abendessen zu kochen.

«Ich nichts mehr mache hier in diese Haus. Ich gehe in meine Zimmer, ich mir schließe ein, ich dort bleibe, bis es wird hell. Ich habe Angst, Leute werden gemordet... Miss Murgatroyd mit ihre dumme englische Gesicht, warum ist sie gemordet worden? Hat nur ein Verrückter getan! Also ein Verrückter läuft rum! Und ein Verrückter, ihm ist egal, wen er mordet. Aber ich, ich will nicht werden gemordet! Da sein Schatten in die Küche... Und ich hören Geräusche. So ich jetzt in meine Zimmer gehe und verschließen Tür und vielleicht stellen Kommode davor, Und am Morgen sage ich dem grausame Polizist, ich gehen fort von hier. Und wenn er mir nicht läßt fortgehen, ich ihm sagen: ‹Ich brüllen und brüllen und brüllen, bis Sie mir lassen gehen!›»

Da alle nur zu gut Mizzis Fähigkeiten auf diesem Gebiet kannten, schauderten sie bei dem Gedanken.

«So ich gehen in mein Zimmer», erklärte Mizzi. «Gute Nacht, Miss Blacklock. Vielleicht morgen leben Sie nicht mehr. Für den Fall sage ich Ihnen, leben Sie wohl.»

Sie ging hinaus, und wie üblich schloß sich die Tür langsam, wie leise klagend.

Julia stand auf und sagte sachlich:

«Ich werde das Essen machen. Das ist in jedem Fall gut, denn dann müßt ihr mich nicht bei euch am Tisch ertragen. Patrick soll zunächst alles kosten, bevor ihr eßt, denn ich möchte nicht zu allem übrigen noch des Giftmordes bezichtigt werden.»

So hatte also Julia gekocht, und das Essen war ausgezeichnet gewesen.

Phillipa war in die Küche gegangen und hatte ihre Hilfe angeboten, die Julia aber entschieden ablehnte.

«Julia, ich möchte dir etwas sagen...», begann Phillipa.

«Es ist jetzt nicht die Zeit für backfischhafte Vertraulichkeiten», unterbrach Julia sie energisch. «Geh zurück ins Eßzimmer, Phillipa...»

Nach dem Essen saßen alle im Wohnzimmer an dem kleinen Tisch neben dem Kamin und tranken Kaffee. Niemand schien etwas zu sagen zu haben, es war, als warteten alle auf etwas...

Um halb neun rief Inspektor Craddock an und verkündete Miss Blacklock:

«In einer Viertelstunde komme ich mit Colonel Easterbrook und Frau sowie Mrs. Swettenham und Sohn zu Ihnen.»

«Aber, Herr Inspektor, ich kann heute abend keinen Besuch vertragen...»

Ihre Stimme klang, als sei sie am Ende ihrer Kräfte.

«Ich kann Ihre Gefühle nur zu gut verstehen, Miss Blacklock, aber es tut mir leid, wir müssen kommen.»

«Haben Sie Miss Marple gefunden?»

«Nein», antwortete der Inspektor und legte auf.

Julia trug das Kaffeegeschirr in die Küche und fand dort zu ihrer Überraschung Mizzi vor, die das im Ausguß aufgehäufte Geschirr betrachtete. Bei Julias Anblick fuhr sie los:

«So, das machen Sie in meine schöne Küche? Die Bratpfanne... nur, nur für Omelette brauche ich sie! Und Sie, wozu haben Sie benutzt sie?»

«Zum Zwiebeln braten.»

«Kaputt... sie ist kaputt!»

«Ich weiß nicht, wozu Sie die einzelnen Pfannen benutzen», entgegnete Julia ärgerlich. «Sie gehen zu Bett, und wozu Sie wieder aufgestanden sind, kann ich mir nicht vorstellen. Scheren Sie sich nur wieder fort, und lassen Sie mich in Frieden das Geschirr abwaschen.»

«Nein, ich Sie nicht lasse hier in meine Küche!»

«Mizzi, Sie sind unmöglich!»

Mit diesen Worten verließ Julia wütend die Küche.

In diesem Augenblick läutete es an der Haustür.

«Ich machen nicht auf die Tür!» rief Mizzi aus der Küche.

Julia ging zur Haustür.

Es war Miss Hinchliffe.

«'n Abend», sagte sie barsch. «Entschuldigen Sie die Störung, aber der Inspektor wird ja angerufen haben.»

«Er sagte nicht, daß Sie kämen», erwiderte Julia und ging ihr zum Wohnzimmer voran.

«Er sagte, ich brauchte nur zu kommen, wenn ich wollte», erklärte Miss Hinchliffe, «und ich wollte.»

«Zündet alle Lichter an», befahl Miss Blacklock, «und legt mehr Holz auf! Mir ist kalt, entsetzlich kalt. Kommen Sie, setzen Sie sich hier an den Kamin zu uns, Miss Hinchliffe.»

«Mizzi ist wieder in die Küche gekommen», berichtete Julia.

«So! Manchmal glaube ich, daß das Mädchen wahnsinnig ist, völlig wahnsinnig... aber vielleicht sind wir alle wahnsinnig.»

Nun hörte man einen Wagen vorfahren, und gleich danach

traten Craddock, Colonel Easterbrook und Frau sowie Mrs. Swettenham und Sohn ein.

Mrs. Easterbrook, die ihren Pelzmantel nicht ablegen wollte, setzte sich dicht neben ihren Mann. Ihr hübsches, puppenhaftes Gesicht machte den Eindruck eines bekümmerten Wiesels.

Edmund, der offensichtlich schlecht gelaunt war, blickte alle wütend an, und Mrs. Swettenham begann sofort wie ein Wasserfall zu reden.

«Mutter!» unterbrach Edmund sie nach einer Weile. «Hör doch endlich auf!»

«Ich werde kein Wort mehr sagen!» erklärte Mrs. Swettenham gekränkt und setzte sich neben Julia aufs Sofa.

Der Inspektor stand bei der Tür, ihm gegenüber saßen, wie Hühner auf der Stange, die drei Frauen: Julia und Mrs. Swettenham auf dem Sofa und Mrs. Easterbrook auf der Lehne des Sessels, in dem ihr Mann saß.

Der Inspektor hatte diese Sitzordnung nicht vorgeschlagen, aber sie paßte ihm gut.

Miss Blacklock und Miss Hinchliffe kauerten am Kamin, Edmund stand neben ihnen, Phillipa hielt sich in der Ecke des Zimmers auf.

Ohne weitere Einleitung begann Craddock nun:

«Sie alle wissen, daß Miss Murgatroyd ermordet wurde. Wir haben Grund zu der Annahme, daß eine Frau den Mord begangen hat. Ich möchte nun die anwesenden Damen fragen, was sie heute nachmittag zwischen vier und vier Uhr zwanzig getan haben. Auf diese Frage hat mir bereits die Dame, die sich Miss Simmons nannte, geantwortet. Ich bitte Sie, Miss Simmons, trotzdem Ihre Antwort zu wiederholen. Ich mache Sie aber darauf aufmerksam, daß Sie die Antwort verweigern können, wenn Sie glauben, daß Sie sich dadurch beschuldigen, und ferner mache ich Sie darauf aufmerksam, daß Ihre Aussage von Constable Edwards zu Protokoll genommen wird und vor Gericht gegen Sie verwendet werden kann.»

«Das müssen Sie wohl sagen», entgegnete Julia, die blaß,

aber noch immer sehr gefaßt war. «Ich wiederhole, daß ich zwischen vier und halb fünf einen Feldweg, der zu dem Bach bei der Compton-Farm führt, entlangging. Auf dem Rückweg ging ich auf einem Weg längs des Feldes, auf dem drei Pappeln stehen. Soweit ich mich erinnere, bin ich keinem Menschen begegnet, und ich kam nicht in die Nähe von Boulders.»

«Mrs. Swettenham?»

«Warnen Sie uns alle?» fragte Edmund.

Der Inspektor wandte sich ihm zu.

«Nein, einstweilen nur Miss Simmons. Ich habe keinen Grund zu der Annahme, daß die andern Herrschaften sich durch ihre Aussagen beschuldigen würden, aber natürlich haben alle das Recht, die Anwesenheit eines Anwalts zu verlangen, und brauchen erst dann meine Fragen zu beantworten, wenn er zugegen ist.»

«Aber das wäre doch töricht und reine Zeitverschwendung!» rief Mrs. Swettenham. «Ich kann Ihnen sofort sagen, was ich getan habe. Das wollen Sie doch wissen? Soll ich gleich beginnen?»

«Ja, bitte, Mrs. Swettenham.»

«Also... einen Augenblick!»

Sie schloß einige Sekunden lang die Augen.

«Natürlich habe ich mit dem Mord an Miss Murgatroyd nichts zu tun. Das wissen bestimmt alle hier. Aber es ist schwer zu sagen, was ich getan habe, denn ich habe ein schlechtes Zeitgefühl. Ich glaube, um vier Uhr stopfte ich gerade Socken... nein, das stimmt nicht, ich war im Garten und schnitt die verwelkten Chrysanthemen... ach nein, das war ja früher, das war ja noch, bevor es zu regnen anfing.»

«Der Regen», sagte der Inspektor, «begann genau um vier Uhr zehn.»

«Ach wirklich! Gut, daß Sie mir das sagen. Also dann war ich im obersten Stock und stellte eine Waschschüssel in den Gang, dort, wo es immer durchregnet. Und es regnete dann so rasch durch, daß ich sofort vermutete, die Dachrinne sei wieder verstopft. Ich ging also hinunter und zog meinen

Regenmantel und meine Gummischuhe an. Und dann machte ich mich an die Arbeit, wissen Sie, den Besen band ich an die lange Stange, mit der man das Oberlicht an den Fenstern öffnet.»

«Sie wollen damit sagen, daß Sie die Dachrinne säuberten, nicht wahr?» fragte Craddock.

«Ja, sie war ganz verstopft mit Blättern. Es dauerte ziemlich lange, und ich wurde pitschnaß, aber schließlich war sie sauber. Dann ging ich hinunter und wusch mich – verfaulte Blätter riechen so schlecht, und dann stellte ich in der Küche Wasser auf. Auf der Küchenuhr war es genau zwanzig vor fünf... oder so ungefähr.»

«Hat Sie jemand gesehen, als Sie die Dachrinne reinigten?»

«Niemand», antwortete Mrs. Swettenham. «Leider nicht, sonst hätte ich ja Hilfe gehabt. Es ist sehr schwierig, das allein zu tun.»

«Sie waren also, während es regnete, im Regenmantel und mit Gummistiefeln auf dem Dach und reinigten die Dachrinne, aber das hat niemand gesehen. Sie haben dafür also keine Zeugen!»

«Sie können sich ja die Dachrinne ansehen», erwiderte Mrs. Swettenham, »sie ist sauber!»

Nun wandte sich der Inspektor zu Mrs. Easterbrook.

«Und Sie, Mrs. Easterbrook?»

«Ich saß bei Archie im Studierzimmer», erklärte sie und sah ihn aus weitaufgerissenen Augen unschuldig an. «Wir hörten zusammen Radio, nicht wahr, Archie?»

Der Colonel, der puterrot geworden war, antwortete zunächst nicht, sondern griff nach der Hand seiner Frau.

«Du verstehst diese Dinge nicht, Häschen», sagte er schließlich. «Also, ich muß sagen, Inspektor, Sie haben uns mit dieser Sache überrascht. Meine Frau, müssen Sie wissen, regt sich über all das fürchterlich auf. Sie ist sehr nervös und weiß nicht, wie wichtig es ist, daß man... daß man sich alles richtig überlegen muß, bevor man eine Aussage macht.»

«Archie!» rief Mrs. Easterbrook vorwurfsvoll. «Du willst doch nicht sagen, daß du nicht mit mir zusammen warst?»

«Also, ich war um die bewußte Zeit nicht mit dir zusammen, Liebling. Man muß sich an die Tatsachen halten, das ist bei solchen Vernehmungen sehr wichtig. Ich sprach mit Lampson – das ist ein Bauer aus der Nachbarschaft – über Hühner. Das war ungefähr um Viertel vor vier. Ich bin erst nach dem Regen nach Hause gekommen, gerade rechtzeitig zum Tee, so um Viertel vor fünf, Laura röstete gerade das Brot.»

«Und Sie waren auch ausgegangen, Mrs. Easterbrook?»

Das hübsche Gesicht glich nun noch mehr einem Wiesel, die Augen hatten einen gehetzten Ausdruck.

«Nein... nein, ich habe Radio gehört. Ich war nicht ausgegangen, nicht um diese Zeit, es war früher, gegen... gegen halb vier. Ich habe nur einen kleinen Spaziergang gemacht, nicht weit.»

Sie blickte ängstlich drein, als erwarte sie weitere Fragen, aber der Inspektor sagte ruhig:

«Das genügt, danke schön, Mrs. Easterbrook.»

Dann fuhr er fort: «Diese Erklärungen werden nun zu Protokoll genommen. Ich bitte die Herrschaften, alles durchzulesen und zu unterschreiben, wenn sie damit einverstanden sind.»

Nun erfolgte einer von Mizzis dramatischen Auftritten. Sie riß die Tür so heftig auf, daß sie beinahe Craddock umgeworfen hätte. Wütend stieß sie hervor:

«Ach, Sie nicht bitten Mizzi herkommen mit die andern, Sie steife Polizist! Ich sein nur Mizzi! Mizzi von der Küche! Sie soll bleiben in Küche, wo sie hingehört! Aber ich sage Ihnen, daß Mizzi so gut wie alle andere ist, und vielleicht besser, ja besser, kann Dinge sehen. Ja, ich Dinge sehen. Ich habe die Abend vom Überfall gesehen. Ich habe was gesehen, aber ich nicht richtig geglaubt, und drum habe ich Mund gehalten bis jetzt. Ich mir gesagt, ich werde nichts sagen, was ich habe gesehen, noch nichts, ich warten!»

«Und dann wollten Sie, wenn sich alles beruhigt hätte, von einer gewissen Person ein bißchen Geld verlangen, nicht wahr?» bemerkte Craddock.

Mizzi fuhr wie eine wütende Katze auf Craddock los.

«Und warum nicht? Warum soll ich mich nicht lassen bezahlen, wenn ich gewesen bin so nobel, Mund zu halten? Besonders, wenn eine Tag viel Geld kommen wird, viel, viel mehr Geld. Oh, ich habe Dinge gehört, ich weiß, was passiert. Ja, ich würde gewartet haben und verlangt haben Geld... aber jetzt habe ich Angst. Ich will lieber sein sicher, denn vielleicht wird sonst jemand mir morden. So ich werde sagen, was ich weiß.»

«Also gut», sagte der Inspektor skeptisch. «Was wissen Sie?»

«Ich sage Ihnen», erklärte Mizzi feierlich, «an dem Abend hab ich nicht Silber geputzt in die Küche, wie ich gesagt habe... ich war schon in Eßzimmer, als ich höre schießen. Ich gucke durch Schlüsselloch. Die Halle ist finster, aber der Revolver geht los und los, und Laterne fällt, Laterne dreht sich rum beim Fallen... ich sehe sie. Ich sehe sie direkt bei ihm, sie hat Revolver in Hand... ich sehe Miss Blacklock!»

«Mich?» Miss Blacklock richtete sich verblüfft auf. «Sie sind ja wahnsinnig!»

«Aber das ist unmöglich», rief Edmund. «Mizzi kann Miss Blacklock nicht gesehen haben...»

Nun unterbrach Craddock ihn schneidend:

«Warum wohl nicht, Mr. Swettenham? Ich will es Ihnen sagen: Nicht Miss Blacklock, sondern Sie standen mit dem Revolver in der Hand da. Das stimmt doch?»

«Ich...? Natürlich nicht... ja, zum Teufel...!»

«Sie haben Colonel Easterbrooks Revolver gestohlen. Sie haben die ganze Geschichte mit Rudi Schwarz verabredet. Sie sind hinter Patrick Simmons in den Nebenraum gegangen, und als das Licht ausging, schlichen Sie durch die sorgfältig geölte Tür in die Halle. Sie schossen auf Miss Blacklock, und dann erschossen Sie Schwarz. Gleich danach waren Sie wieder im Wohnzimmer und hantierten mit Ihrem Feuerzeug.»

Einen Augenblick schien Edmund die Sprache verloren zu haben, dann sprudelte er hervor:

«Das ist doch Wahnsinn! Warum ich! Was für einen Grund sollte ich haben?»

«Wenn Miss Blacklock vor Mrs. Goedler stirbt, werden zwei Menschen die Erbschaft antreten, das wissen Sie. Diese zwei Menschen sind Pip und Emma. Es hat sich nun herausgestellt, daß Julia Simmons tatsächlich Emma ist...»

«Und Sie glauben, ich sei Pip?»

Edmund lachte schallend.

«Phantastisch! Ich habe das gleiche Alter, das stimmt, aber sonst nichts. Und ich kann Ihnen beweisen, Sie Narr, daß ich Edmund Swettenham bin, ich habe meinen Geburtsschein, Schulzeugnisse, Immatrikulationsbescheinigung, was Sie wollen.»

«Er ist nicht Pip!» ertönte es aus der dunklen Ecke.

Phillipa trat vor, mit leichenblassem Gesicht.

«Ich bin Pip, Herr Inspektor.»

«Sie, Mrs. Haymes?!»

«Ja. Alle nahmen an, daß Pip ein Knabe wäre – Julia wußte natürlich, daß der andere Zwilling ebenfalls ein Mädchen war, ich verstehe nicht, warum sie das heute nachmittag nicht gesagt hat...»

«Aus Familiensinn!» erklärte Julia. «Mir wurde plötzlich klar, wer du bist; bis dahin hatte ich keine Ahnung.»

«Ich hatte die gleiche Idee gehabt wie Julia», sagte Phillipa mit leicht zitternder Stimme. «Nachdem ich meinen Mann... verloren hatte und der Krieg vorbei war, überlegte ich, was ich anfangen sollte. Meine Mutter ist schon vor vielen Jahren gestorben. Ich erkundigte mich nach ihrer Verwandtschaft und erfuhr, daß Mrs. Goedler im Sterben liege und daß nach ihrem Tod eine gewisse Miss Blacklock das ganze Vermögen erben würde. Ich machte Miss Blacklock ausfindig, kam hierher und nahm die Stellung bei Mrs. Lucas an. Ich hoffte, daß Miss Blacklock mir vielleicht helfen würde... das heißt, nicht mir, denn ich kann ja arbeiten, sondern ich hoffte auf einen Zuschuß zu Harrys Erziehungskosten. Schließlich handelte es sich ja um Goedlersches Geld. Dann geschah dieser Überfall, und ich bekam Angst.»

Nun sprach Phillipa rascher, als habe sie alle Zurückhaltung verloren und könne nicht schnell genug das herausbringen, was sie auf dem Herzen hatte.

«Ich hatte Angst, weil ich glaubte, der einzige Mensch, der ein Interesse am Tod Miss Blacklocks haben könnte, sei ich. Ich hatte keine Ahnung, wer Julia war. Obwohl wir Zwillinge sind, sehen wir uns nicht ähnlich. Also nahm ich an, daß ich der einzige Mensch sei, auf den der Verdacht fallen müsse.»

Sie hielt nun inne und strich sich das Haar aus der Stirn.

Craddock wurde plötzlich klar, daß jener verblaßte Schnappschuß in einem der Briefe Letitias eine Fotografie von Phillipas Mutter gewesen sein mußte. Die Ähnlichkeit war unverkennbar, und nun wußte er auch, warum ihn die Erwähnung des Auf- und Zumachens der Hände an jemanden erinnert hatte – Phillipa tat es soeben.

«Miss Blacklock war gut zu mir, sehr, sehr gut, ich habe keinen Mordanschlag auf sie verübt, ich habe nie daran gedacht, sie zu ermorden. Aber trotzdem bin ich Pip.»

Dann fügte sie hinzu: «Sie brauchen also Edmund nicht mehr zu verdächtigen.»

«Meinen Sie?» fragte Craddock; seine Stimme war wieder schneidend wie zuvor. «Edmund Swettenham ist ein junger Mann, der Geld liebt, ein junger Mann, der vielleicht gerne eine reiche Frau heiraten würde. Aber sie wäre erst dann eine reiche Frau, wenn Miss Blacklock vor Mrs. Goedler stürbe. Und da es fast sicher war, daß Mrs. Goedler vor Miss Blacklock sterben würde... ja, da mußte er etwas dagegen tun... Und das haben Sie doch getan, Mr. Swettenham, nicht wahr?»

Plötzlich ertönte ein gräßlicher Laut; er kam aus der Küche, ein unheimlicher, entsetzlicher Schreckensschrei.

«Das ist nicht Mizzi!» rief Julia.

«Nein», sagte Craddock, «das ist ein Mensch, der drei Morde auf dem Gewissen hat.»

Als sich der Inspektor Edmund Swettenham zuwandte, war Mizzi leise aus dem Wohnzimmer in die Küche geschlichen. Sie ließ gerade Wasser in den Ausguß laufen, als Miss Blacklock eintrat.

Mizzi warf ihr einen beschämten Blick zu.

«Was sind Sie für eine Lügnerin, Mizzi», sagte Miss Blacklock freundlich. «Aber so können Sie doch nicht richtig Geschirr abwaschen. Zuerst müssen Sie sich das Silberbesteck vornehmen, und Sie müssen den Ausguß mit Wasser vollaufen lassen. Mit so wenig Wasser können Sie doch nicht abwaschen.»

Gehorsam drehte Mizzi den Hahn auf.

«Sie sind nicht bös wegen das, was ich habe gesagt, Miss Blacklock?» fragte sie.

«Wenn ich wegen all Ihrer Lügen böse sein wollte, wäre ich schon längst vor Wut gestorben», entgegnete Miss Blacklock.

«Ich werde gehen und Inspektor sagen, daß ich habe gelogen. Soll ich?» fragte Mizzi.

«Das weiß er schon», erwiderte Miss Blacklock, immer noch freundlich.

Nun drehte Mizzi den Hahn zu, und während sie das tut, wurde plötzlich ihr Kopf von zwei Händen gepackt und in den gefüllten Ausguß gedrückt.

«Nur ich werde wissen, daß du *einmal* die Wahrheit gesagt hast!» zischte Miss Blacklock.

Mizzi wand und wehrte sich verzweifelt, aber Miss Blacklock war stark und preßte den Kopf des Mädchens immer tiefer ins Wasser.

Doch plötzlich ertönte hinter ihr kläglich Dora Bunners Stimme:

«Oh, Lotty... Lotty... tu es nicht... Lotty!»

Miss Blacklock schrie. Mit einem Ruck ließ sie Mizzi los, die prustend den Kopf hob, streckte die Arme hoch und schrie und schrie, denn außer ihr und Mizzi war niemand in der Küche. Sie schrie:

«Dora... Dora, verzeih mir! Ich mußte es tun! Ich mußte...»

Außer sich vor Verzweiflung rannte sie versehentlich zur Tür der Abstellkammer, aber Sergeant Fletcher tauchte plötzlich auf und versperrte ihr den Weg; hinter seinem Rücken kam hochrot und triumphierend Miss Marple hervor.

«Ich konnte von jeher gut Stimmen nachahmen», erklärte sie.

«Sie kommen mit mir», sagte der Sergeant zu Miss Blacklock. «Ich bin Zeuge, daß Sie versuchten, dieses Mädchen zu töten. Und es werden noch weitere Beschuldigungen gegen Sie erhoben. Ich mache Sie darauf aufmerksam, Miss Letitia Blacklock...»

«Charlotte Blacklock», verbesserte Miss Marple ihn. «Sie ist Charlotte Blacklock. Unter dem Perlenhalsband, das sie stets trägt, können sie die Operationsnarbe erkennen.»

«Operation?»

«Ja, eine Kropfoperation.»

Miss Blacklock, die ganz ruhig geworden war, blickte Miss Marple durchdringend an und sagte:

«Sie wissen das also?»

«Ja, schon seit einiger Zeit.»

Jetzt begann Charlotte Blacklock wieder zu weinen.

«Doras Stimme hätten Sie nicht nachahmen dürfen», schluchzte sie. «Das hätten Sie nicht tun dürfen. Ich habe Dora liebgehabt, ich habe Dora wirklich liebgehabt!»

Inzwischen drängten sich Craddock und die anderen an der Küchentür.

Constable Edwards, der Sanitäterkenntnisse besaß, bemühte sich um Mizzi. Sowie sie die Sprache wiedergewonnen hatte, verkündete sie laut ihr Lob:

«Ich haben das gut gemacht, habe ich! Oh, ich sein intelligent! Ich sein tapfer! Oh, ich sein so tapfer! Fast hat sie auch mir gemordet. Aber ich sein so tapfer, ich riskiere alles.»

Plötzlich schob Miss Hinchliffe mit einem Ruck die anderen beiseite und stürzte sich auf die weinende Charlotte.

153

Sergeant Fletcher mußte seine ganze Kraft aufwenden, um sie zurückzuhalten.

«Nein...», rief er. «Nein, Miss Hinchliffe, das dürfen Sie nicht!»

Zwischen zusammengebissenen Zähnen stieß sie hervor:

«Lassen Sie mich los! Ich muß sie packen, sie hat Amy ermordet.»

Charlotte Blacklock blickte auf und erklärte, noch immer schluchzend:

«Ich habe sie nicht töten wollen, ich habe niemanden töten wollen... ich mußte es tun... aber Doras Tod ist entsetzlich... nachdem Dora tot war, war ich ganz allein... ganz allein seit ihrem Tod... Dora, Dora...»

Und wieder vergrub sie den Kopf in den Händen und weinte bitterlich.

23

Miss Marple saß in dem großen Sessel, Bunch kauerte auf dem Boden vor dem Kamin, die Arme um die Knie geschlungen. Reverend Julian Harmond thronte, neugierig vorgebeugt, auf seinem Stuhl, Inspektor Craddock rauchte seine Pfeife und trank einen Whisky-Soda – offensichtlich fühlte er sich außer Dienst. Den äußeren Kreis bildeten Julia, Patrick, Edmund und Phillipa.

«Sie müssen erzählen, Miss Marple, es ist ja alles Ihr Verdienst», sagte Craddock.

«O nein, mein Lieber. Ich habe nur hier und dort ein bißchen geholfen. Sie hatten den ganzen Fall in Händen und haben alles fabelhaft gemacht, Sie verstehen doch viel mehr von diesen Dingen als ich.»

«Erzählt es uns doch gemeinsam!» schlug Bunch ungeduldig vor. «Abwechselnd, jeder ein Stückchen. Wann ist dir zum ersten Mal der Gedanke gekommen, daß der Überfall von Miss Blacklock inszeniert war?»

«Das ist schwer zu sagen, liebe Bunch. Von Anfang an hielt ich es für das Natürlichste, daß sie selbst den Überfall inszeniert habe. Nach allem, was man erfuhr, war sie der einzige Mensch, der Verbindung zu dem Schweizer Rudi Schwarz hatte, und außerdem konnte sie es in ihrem eigenen Haus am leichtesten in Szene setzen.

Zum Beispiel das mit der Zentralheizung ... im Kamin brannte kein Feuer, denn dann wäre der Raum erleuchtet gewesen, und der einzige Mensch, der anordnen konnte, daß der Kamin nicht angemacht wird, war die Herrin des Hauses.

Ich bin nicht sofort darauf gekommen, sondern glaubte zunächst wie alle übrigen, daß tatsächlich jemand Letitia Blacklock ermorden wollte.»

«Glaubst du, daß dieser Schweizer sie erkannt hatte?» fragte Bunch.

Miss Marple blickte fragend zu Craddock hinüber.

«In Bern gibt es einen weltberühmten Spezialisten für Kropfoperationen», erklärte nun Craddock. «Charlotte Blacklock ging in seine Klinik, um sich ihren Kropf operieren zu lassen. Schwarz war damals dort Krankenpfleger. Als er nun nach England kam, erkannte er sie im Hotel und sprach sie an. Das hat er wohl in der ersten Freude getan, denn bei richtiger Überlegung hätte er sich davor gehütet, da es ja gar nicht günstig für ihn war, jemanden zu sprechen, der ihn aus seiner Schweizer Vergangenheit kannte.»

«Er behauptete ihr gegenüber also nicht, daß sein Vater Hotelbesitzer in Montreux sei?»

«Kein Gedanke. Das hatte sie sich ausgedacht, damit sie erklären konnte, woher er sie kennt.»

«Es muß ein schwerer Schlag für sie gewesen sein, als dieser junge Mann auftauchte», meinte Miss Marple nachdenklich. «Sie hatte sich verhältnismäßig sicher gefühlt, und nun erschien da ein Mensch, der sie nicht als eine der beiden Schwestern Blacklock kannte – darauf war sie stets gefaßt –, sondern ausgesprochen als Charlotte Blacklock, eine Patientin, die eine Kropfoperation hinter sich hatte.

Aber ihr wollt ja alles von Anfang an wissen.

Es begann, glaube ich, damit, daß Charlotte Blacklock, ein hübsches, unbekümmertes, nettes Mädchen, plötzlich an einer Vergrößerung der Schilddrüse litt, also einen Kropf bekam. Ihr ganzes Leben kam ihr nun verpfuscht, zerstört vor, denn sie war ein sehr sensibles Mädchen und legte großen Wert auf ihr Aussehen. Wenn ihre Mutter noch gelebt hätte oder ihr Vater vernünftiger gewesen wäre, hätte man sie vielleicht schon lange vorher operieren lassen. Aber Doktor Blacklock war ein rückständiger, störrischer, engstirniger Mann. Er hielt nichts von diesen Operationen. Charlotte mußte ihm glauben, daß nichts anderes zu machen sei, als mit Jod zu pinseln und bestimmte Medikamente einzunehmen. Sie glaubte ihm, und ich nehme an, daß auch ihre Schwester mehr Vertrauen in seine ärztliche Kunst setzte, als er verdiente.

Charlotte war also überzeugt, daß ihr Vater sie richtig behandle. Sie verkroch sich mehr und mehr und weigerte sich schließlich, da der Kropf ständig wuchs, überhaupt noch Menschen zu sehen. Sie war dabei aber ein wirklich gütiger, liebevoller Mensch.»

«Das ist eine merkwürdige Beschreibung für eine Mörderin», warf Edmund ein.

«Das weiß ich nicht», entgegnete Miss Marple. «Schwache und zugleich gütige Menschen sind oft heimtückisch. Und wenn sie mit ihrem Dasein unzufrieden sind, wird die geringe moralische Kraft, die sie besitzen, völlig untergraben.

Letitia Blacklock war eine ganz andere Persönlichkeit. Inspektor Craddock hat mir gesagt, daß Belle Goedler sie als wirklich guten Menschen bezeichnete, und ich glaube, daß sie das auch war. Sie liebte ihre Schwester, sie schrieb ihr regelmäßig lange Briefe, in denen sie ausführlich ihr Leben schilderte, damit ihre Schwester nicht völlig den Kontakt zur Welt verliere. Sie war sehr unglücklich über den morbiden Zustand, in den Charlotte mehr und mehr geriet.

Als Doktor Blacklock starb, gab Letitia ohne zu zögern ihre

Stellung bei Goedler auf und widmete sich ganz ihrer Schwester. Sie ging mit ihr in die Schweiz, um dort medizinische Kapazitäten zu konsultieren; der Kropf war zwar schon in einem fortgeschrittenen Stadium, aber wie wir wissen, gelang die Operation dennoch. Die Entstellung war verschwunden, die Narbe leicht durch ein Perlenhalsband zu verbergen.

Als der Krieg ausbrach, blieben die beiden Schwestern, da die Rückkehr nach England schwierig war, in der Schweiz und betätigten sich beim Roten Kreuz und anderen Wohltätigkeitsorganisationen.

Gelegentlich erhielten sie Nachrichten aus England, unter anderem werden sie gehört haben, daß Belle Goedlers Zustand bedenklich geworden war. Bestimmt hatten sie Pläne gemacht für die Zeit, da das Riesenvermögen Letitia zufiele – das ist nur zu menschlich...

Aber ich glaube, daß diese Aussicht Charlotte viel mehr bedeutete als Letitia. Zum ersten Mal in ihrem Leben konnte sich Charlotte in dem Bewußtsein bewegen, ein normaler Mensch zu sein, eine Frau, die nicht mit Abscheu oder Mitleid betrachtet wird. Endlich würde sie das Leben genießen, ein jahrzehntelanges, trostloses Dasein vergessen können. Sie würde reisen, ein prächtiges Haus haben, einen herrlichen Park, Kleider und Juwelen, würde Theater und Konzerte besuchen, jeder Laune frönen, es schien ihr, als würde für sie ein Märchen Wirklichkeit.

Und dann bekam Letitia, die kräftige, kerngesunde Letitia, eine Lungenentzündung und starb innerhalb einer Woche! Charlotte hatte nicht nur ihre Schwester verloren, sondern der ganze wunderbare Traum für ihre Zukunft war vernichtet. Ich glaube, daß sie deswegen Letitia beinahe böse war. Warum mußte Letitia sterben, gerade als sie die briefliche Nachricht erhalten hatte, daß Belle Goedler nicht mehr lange zu leben hätte? Vielleicht nur noch einen Monat, und das Geld hätte Letitia gehört, und dann, nach Letitias Tod, ihr...

Nun wirkte sich meiner Ansicht nach der Unterschied in den Charakteren der beiden Schwestern aus. Charlotte empfand das, was sie tat, gar nicht als Unrecht. Das Geld sollte Letitia zufallen. In wenigen Monaten wäre Letitia in den Besitz des Geldes gelangt, und sie betrachtete sich als eins mit Letitia. Wahrscheinlich kam ihr die Idee erst, als der Arzt oder sonst jemand nach dem Vornamen ihrer Schwester fragte, und da wurde ihr plötzlich klar, daß sie allen nur als die beiden Misses Blacklock bekannt gewesen waren.

Warum sollte nicht Charlotte gestorben sein und Letitia noch leben? Vielleicht war es nur ein Impuls, vielleicht war es nicht planvoll überlegt. Jedenfalls wurde Letitia unter Charlottes Namen begraben. ‹Charlotte› war tot, ‹Letitia› kehrte nach England zurück.

Nun wirkte sich Charlottes angeborene Tatkraft, die so viele Jahre geschlummert hatte, aus. Als Charlotte hatte sie stets die zweite Geige gespielt, jetzt nahm sie Letitias dominierende Art an. Im Grunde genommen hatte geistig gar kein so großer Unterschied zwischen den beiden bestanden, wohl aber moralisch.

Charlotte hatte natürlich einige Vorsichtsmaßnahmen ergriffen. Sie kaufte ein Haus in einer Gegend Englands, in der sie gänzlich unbekannt war.

Sie ließ sich in Little Paddocks nieder, nahm den Verkehr mit einigen Nachbarn auf, und als sie einen Brief von einer entfernten Verwandten erhielt, die die liebe Letitia bat, ihre Kinder für eine Weile aufzunehmen, freute sie sich über den Besuch des Neffen und der Nichte. Daß diese beiden sie ohne weiteres als Tante Letty ansahen, erhöhte noch ihr Sicherheitsgefühl.

Das Ganze lief also ausgezeichnet.

Aber dann machte sie, und zwar aus ihrer angeborenen Gutherzigkeit, den einen großen Fehler. Sie erhielt einen Brief von einer Schulfreundin, der es jämmerlich ging, und sie eilte ihr zu Hilfe. Vielleicht tat sie es, weil sie sich trotz des Verkehrs mit den Nachbarn und der Anwesenheit der zwei jungen Verwandten einsam fühlte; auch hielt sie sich wegen ihres Geheimnisses etwas zurück. Und sie hatte Dora Bunner wirklich gern gehabt. Dora war für sie gewissermaßen ein

Symbol ihrer fröhlichen Kindheit. Jedenfalls fuhr sie auf Doras Brief hin persönlich zu ihr. Und Dora mußte sehr überrascht gewesen sein! Sie hatte Letitia geschrieben, und Charlotte kam! Sie hat nie den Versuch gemacht, Dora vorzutäuschen, Letitia zu sein; Dora war nämlich eine der wenigen alten Freundinnen gewesen, die Charlotte während ihrer Krankheit hatten besuchen dürfen.

Da sie wußte, daß Dora die Angelegenheit genauso betrachten würde wie sie selbst, erzählte sie ihr, was sie getan hatte. Und Dora stimmte aus ganzem Herzen zu. In ihrem konfusen Sinn schien es ihr unrecht zu sein, daß die liebe Lotty durch den unzeitigen Tod Lettys der Erbschaft beraubt werden sollte. Lotty verdiente eine Belohnung für all die Leiden, die sie so geduldig ertragen hatte. Es wäre eine Schande gewesen, wenn das viele Geld unbekannten Menschen zufallen würde.

Dora kam also nach Little Paddocks, aber bald sah Charlotte ein, daß sie einen großen Fehler begangen hatte.

Es war nicht so schlimm, daß Dora Bunner infolge ihres konfusen Wesens sie oft zur Weißglut brachte, darüber wäre sie hinweggekommen, denn sie hatte Dora ja wirklich gern, und außerdem hatte der Arzt gesagt, daß Dora nicht mehr lange zu leben habe. Aber Dora wurde bald eine wirkliche Gefahr. Für sie waren die beiden Schwestern immer Letty und Lotty gewesen, und obwohl sie sich krampfhaft bemühte, ihre Freundin stets Letty zu nennen, entschlüpfte ihr häufig der richtige Name. Auch erwähnte sie oft gemeinsame Erinnerungen, und Charlotte mußte ständig auf der Hut sein und diese peinlichen Bemerkungen vertuschen. Und sie wurde nervöser und nervöser, obwohl natürlich niemand auf diese Unstimmigkeiten achtete.

Der wirkliche Schlag für Charlottes Sicherheit aber kam, als sie von Rudi Schwarz im Royal Spa Hotel erkannt und angesprochen wurde. Ich glaube, daß das Geld, mit dem Schwarz seine Betrügereien deckte, von Charlotte Blacklock stammte. Aber weder Inspektor Craddock noch ich glauben, daß Schwarz sie mit Erpressungsgedanken um Geld anging.»

«Er hatte nicht die leiseste Ahnung», erklärte nun der Inspektor, «daß es etwas gab, auf Grund dessen er sie hätte erpressen können. Er hielt sich für einen gutaussehenden jungen Mann und hatte die Erfahrung gemacht, daß solche jungen Männer leicht von älteren Damen Geld erhalten, wenn sie eine plausible Geschichte über ihre eigene Notlage erzählen.

Aber sie hat das wohl in einem anderen Licht gesehen. Sie wird geglaubt haben, daß seine Art, sie um Geld anzugehen, nur eine versteckte Erpressung sei, daß er vielleicht etwas vermute und daß er später, wenn in den Zeitungen Belle Goedlers Todesanzeige erschiene, erkennen würde, was für eine Goldgrube sie für ihn darstellen könnte.

Wenn er aus dem Weg geräumt werden könnte, wäre sie sicher.

Vielleicht spielte sie zunächst nur mit diesem Gedanken. In ihrem ganzen Leben hatte sie sich ja nach Aufregungen, nach dramatischen Ereignissen gesehnt. Es war gewissermaßen ein Zeitvertreib für sie, den Plan für den Überfall in allen Einzelheiten auszuarbeiten.

Aber schließlich entschloß sie sich, ihn zu verwirklichen. Sie sagte Schwarz, daß sie einen Ulk mit ihren Nachbarn plane; es solle ein Überfall vorgetäuscht werden, ein Fremder müsse die Rolle des ‹Gangsters› spielen, und sie versprach ihm eine hohe Belohnung für seine Mitwirkung.

Sie ließ ihn die Anzeige aufgeben, sie veranlaßte, daß er sie in Little Paddocks besuchte, damit er sich mit der Örtlichkeit vertraut mache, und zeigte ihm, wo sie ihn an dem bewußten Abend ins Haus einschmuggeln würde. Natürlich hatte Dora Bunner von all dem keine Ahnung. Der Tag kam...»

Der Inspektor hielt inne, und Miss Marple setzte mit ihrer sanften Stimme die Erzählung fort:

«Sie muß einen entsetzlichen Tag verbracht haben. Nun war es zu spät, die Sache rückgängig zu machen...

Es war vielleicht ein Spaß für sie, den Revolver aus Colonel Easterbrooks Wäschekommode in Abwesenheit der Hausbewohner zu entwenden. Es war ein Spaß für sie, die zweite

Wohnzimmertür zu ölen, damit sie geräuschlos benutzt werden konnte. Spaß war es, vorzuschlagen, den Tisch von der Tür fortzurücken, damit Phillipas Blumenarrangement besser zur Geltung käme. Das mag ihr alles wie ein Spiel vorgekommen sein. Aber was dann an diesem Tag geschehen sollte, das war kein Spiel mehr. O ja, sie hatte Angst... Dora Bunner hatte recht gehabt.»

«Trotzdem hielt sie durch», setzte nun wieder Craddock den Bericht fort. «Die Ereignisse wickelten sich ab, wie sie es geplant hatte. Kurz nach sechs ging sie hinaus, trieb die Enten in den Stall und ließ Schwarz ins Haus hinein, gab ihm die Maske, den Umhang, die Handschuhe und die Blendlaterne.

Um halb sieben, als die Uhr auf dem Kamin zu schlagen begann, stand sie an dem Tisch beim Türbogen, die Hand auf der Zigarettendose.

Es ist alles so natürlich, Patrick ist in den Nebenraum gegangen, um die Getränke zu holen, sie als Gastgeberin will Zigaretten anbieten. Mit Recht hatte sie angenommen, daß alle Anwesenden, wenn die Uhr zu schlagen begann, zum Kamin blicken würden.

Nur die treue Dora hielt ihre Augen auf die Freundin gerichtet, und sie hat uns bei der ersten Vernehmung das berichtet, was Miss Blacklock wirklich getan hatte, nämlich die Vase mit den Veilchen in die Hand genommen.

Vorher hatte sie an einer Stelle der Lampenschnur die Isolierung entfernt, so daß der Draht bloßlag. Das Ganze erforderte nur einen Augenblick, die Zigarettendose, die Vase und der Schalter waren ja dicht beieinander. Sie nahm die Vase, schüttete Wasser auf den freigelegten Draht, knipste die Lampe an, und so entstand ein Kurzschluß.»

«Wie letzthin bei uns», stellte Bunch fest. «Warst du darum so erschrocken, Tante Jane?»

«Ja, mein Kind. Ich hatte mir wegen dieser Lampen den Kopf zerbrochen. Ich war dahintergekommen, daß zwei Lampen, ein Schäferpaar, vorhanden waren und daß diese wahrscheinlich in der Nacht nach dem Überfall ausgetauscht worden waren. Ich verstand gleich, was Dora Bunner meinte, als sie sagte, am Abend zuvor habe die Schäferin auf dem Tisch gestanden, aber ich nahm ebenso wie sie irrigerweise an, dies sei Patricks Werk.

Dora Bunner war höchst unzuverlässig in der Wiederholung von Dingen, die sie gehört hatte, aber ganz genau berichtete sie, was sie gesehen hatte. Und sie hatte bestimmt gesehen, daß Letitia die Vase mit den Veilchen in die Hand nahm, und...»

»Und auch Funken hatte sie wahrgenommen», warf Craddock ein. «Ich könnte mich noch jetzt ohrfeigen. Dora Bunner plapperte etwas von einer Brandstelle auf dem Tisch: ‹Jemand hat dort eine brennende Zigarette hingelegt›, aber es hatte sich überhaupt niemand eine Zigarette angezündet... und die Veilchen waren verwelkt, weil kein Wasser in der Vase war – auch ein Versehen Letitias, sie hätte die Vase wieder füllen müssen.

Ich glaube, daß sie Dora Bunner das Mißtrauen gegen Patrick eingeredet hat. Sie wollte dadurch vermeiden, daß Dora auf den Gedanken käme, sie, Miss Blacklock, hätte diesen Überfall inszeniert.

Also, wir wissen ja, was dann geschah. Sowie das Licht ausging und alle durcheinanderschrien, schlüpfte Miss Blacklock durch die frisch geölte Tür und schlich sich hinter Schwarz, der mit seiner Blendlaterne die Anwesenden beleuchtete.

Sicherlich machte ihm diese Rolle Spaß, und er hatte keine Ahnung, daß sie mit dem Revolver hinter ihm stand.

Sie wartet, bis der Lichtstrahl die Stelle der Wand erreicht, wo sie hätte stehen müssen. Dann gibt sie zwei Schüsse ab, und als er sich überrascht und erschrocken umdreht, hält sie den Revolver dicht an seinen Körper und schießt auf ihn. Sie läßt den Revolver neben ihm zu Boden gleiten, eilt durch die zweite Wohnzimmertür zurück an den Platz, an dem sie gestanden hatte, als das Licht ausging, und fügt sich eine kleine Wunde am Ohrläppchen zu – ich weiß nicht genau, wie sie das tat...»

«Mit einer Nagelschere, nehme ich an», erklärte Miss Marple. «Die kleinste Wunde am Ohrläppchen verursacht einen starken Blutverlust. Da nun tatsächlich Blut auf ihre weiße Bluse tropfte, war es ohne weiteres glaubhaft, daß jemand auf sie geschossen und sie beinahe getötet hätte.»

«Es hätte eigentlich alles so verlaufen müssen, wie sie plante», fuhr Craddock fort. «Man hätte Selbstmord oder einen Unglücksfall annehmen können, und die Sache wäre erledigt gewesen. Doch ich fühlte, daß irgend etwas nicht stimmte, ich wußte aber nicht was, bis mich Miss Marple auf die richtige Spur brachte.

Und dann widerfuhr Miss Blacklock wirkliches Pech. Ich entdeckte zufällig, daß die zweite Wohnzimmertür frisch geölt worden war. Bis dahin hatten wir, obwohl wir etwas vermuteten, keinerlei Beweise, aber diese Tatsache war ein Beweis.

So ging die Jagd von neuem los, doch nun unter anderen Voraussetzungen: Wir suchten jetzt Menschen, die Interesse daran haben konnten, Letitia Blacklock zu ermorden.»

«Und es gab jemanden in ihrer unmittelbaren Umgebung, und sie wußte es», sagte Miss Marple. «Ich glaube, sie hat Phillipa sofort erkannt. Sonja Goedler gehörte zu den wenigen Menschen, die Charlotte vorgelassen hatte. Phillipa sieht ihrer Mutter sehr ähnlich. Ich glaube auch, daß Charlotte sich merkwürdigerweise freute, als sie Phillipa erkannte. Sie gewann Phillipa lieb, und unbewußt wird es auch dazu beigetragen haben, etwaige Gewissensbisse zu unterdrükken. Sie sagte sich, daß sie, wenn sie das Geld erbte, für Phillipa sorgen würde. Sie wollte sie wie eine Tochter behandeln, Phillipa und Harry sollten bei ihr leben. Sie war sehr glücklich bei dem Gedanken und fühlte sich als Wohltäterin.

Aber als der Inspektor Fragen stellte und schließlich die Existenz von ‹Pip und Emma› ausfindig machte, wurde Charlotte höchst unruhig. Sie wollte Phillipa nicht zum Sündenbock machen, ihr Plan war ja gewesen, daß der Überfall angeblich von einem jungen Verbrecher ausgeheckt worden sei, der dabei den Tod gefunden habe. Aber jetzt hatte sich alles geändert. Soviel sie wußte, gab es außer Phillipa keinen Menschen, der ein Interesse haben könnte, sie zu ermorden – sie hatte nämlich keine Ahnung, wer Julia wirklich war. So tat sie ihr möglichstes, Phillipa zu schützen.»

«Und wenn ich denke, daß ich Mrs. Swettenham im Verdacht hatte, Sonja Goedler zu sein!» stieß Craddock ärgerlich hervor.

«Meine arme Mama», murmelte Edmund. «Eine Frau mit einem tadellosen Lebenswandel – wenigstens nehme ich das an.»

«Aber Dora Bunner stellte nach wie vor die eigentliche Gefahr dar», fuhr Miss Marple fort. «Von Tag zu Tag wurde Dora vergeßlicher und geschwätziger. Ich erinnere mich noch, wie Miss Blacklock sie angeschaut hatte, als ich zum Tee in Little Paddocks war. Und warum? Dora hatte sie wieder mit ‹Lotty› angesprochen. Uns kam es nur als ein kleines Versehen vor, aber Charlotte hatte es erschreckt. Und so ging es nun weiter, denn die arme Dora konnte nicht anders, sie mußte schwatzen.

An dem Morgen, als ich mit ihr im ‹Blauen Vogel› Kaffee trank, hatte ich den merkwürdigen Eindruck, als rede sie von zwei Menschen, nicht nur von einem – und tatsächlich war das ja auch der Fall. Einmal bezeichnete sie ihre Freundin als nicht hübsch, aber so charaktervoll, und fast im selben Atemzug schilderte sie sie als ein hübsches, sorgloses Mädchen. Und dann sagte sie, Lotty sei so tüchtig und erfolgreich, und erzählte gleich danach, was für ein trauriges Dasein sie geführt habe, und spricht von einem schweren Leiden, das sie tapfer ertrug, was doch überhaupt nicht zu Letitias Leben paßte. Ich glaube, Charlotte hat einen Teil dieser Unterhaltung mitangehört. Jedenfalls hatte sie gehört, daß Dora erwähnte, die Lampe sei ausgewechselt worden. Und da wurde ihr endgültig klar, was für eine große Gefahr die arme treue Dora für sie darstellte.

Sie liebte Dora, sie wollte Dora nicht umbringen, aber sie sah keinen anderen Ausweg. Und ich glaube, daß sie sich einredete, es sei tatsächlich eine gütige Tat von ihr – wie das diese Schwester Ellerton getan hat, von der ich dir erzählte, Bunch. Die arme Bunny, sie würde ja sowieso nicht mehr lange leben und vielleicht einen qualvollen Tod erleiden müssen. Das Merkwürdige ist, daß sie ihr möglichstes tat, Bunnys letzten Lebenstag glücklich zu gestalten. Die Geburtstagsfeier und diese wunderbare Torte...»

«‹Köstlicher Tod!›» stieß Phillipa schaudernd hervor.

«Jawohl, so war das... sie bemühte sich, ihrer Freundin einen ‹köstlichen Tod› zu bereiten... die Feier, die Süßigkeiten, und sie versuchte, die Leute daran zu hindern, Dinge zu sagen, die Dora aufregen konnten. Und dann vertauschte sie die Aspirintabletten. Es sollte so aussehen, als seien die vergifteten Tabletten für Letitia bestimmt gewesen...

Und so starb Bunny im Schlaf, glücklich, ohne Schmerzen, und Charlotte fühlte sich wieder in Sicherheit.

Aber ihr fehlte Dora Bunner, sie vermißte ihre Liebe und Treue, sie vermißte es, mit ihr über die alten Zeiten zu sprechen. Sie weinte bitterlich, als ich an jenem Nachmittag mit dem Schreiben von Julian zu ihr kam, und ihr Schmerz war ehrlich. Sie hatte ihre liebste Freundin umgebracht...»

«Wie entsetzlich!» rief Bunch. «Entsetzlich!»

«Aber es war menschlich», entgegnete Reverend Harmond. «Man vergißt, wie menschlich Mörder sein können.»

«Ich weiß», stimmte Miss Marple zu. «Menschlich, und oft zu bemitleiden, aber sie sind sehr gefährlich, namentlich eine schwache, gütige Mörderin wie Charlotte Blacklock. Denn wenn ein schwacher Mensch erst einmal in Angst gerät, wird er vor Entsetzen ein Wilder und kennt keine Grenzen mehr.»

«Übrigens, Tante Jane», fragte nun Bunch, «was meintest du mit der Bemerkung auf deiner Liste ‹Schweres Leiden tapfer ertragen›? Das hatte dir Bunny im Café gesagt, aber Letitia hatte doch gar kein Leiden gehabt. Und dann die Bemerkung ‹Jod›, das hat dich wohl auf die Spur des Kropfes gebracht?»

«Ja, mein Kind. Sie hatte ja erzählt, ihre Schwester sei in der Schweiz an Lungenentzündung gestorben. Und es fiel mir ein, daß die berühmtesten Spezialisten für Kropfoperationen Schweizer sind. Und da war dieses auffallende flache Perlenhalsband, das sie stets trug, und so kam ich auf den Gedanken, es könnte dazu dienen, eine Narbe zu verbergen.»

«Jetzt verstehe ich auch, warum sie an dem Abend, an dem die Kette riß, derart aufgeregt war», sagte Craddock. «Das kam mir ziemlich übertrieben vor.»

«Und du hast geschrieben ‹Lotty›», sagte Bunch.

«Ja, ich erinnerte mich, daß ihre Schwester Charlotte geheißen hatte und daß Dora Bunner, als sie Miss Blacklock ein- oder zweimal mit ‹Lotty› anredete, jedesmal furchtbar verlegen war.»

«Und was bedeutete ‹Bern›?»

«Rudi Schwarz war Krankenpfleger in einer Klinik in Bern gewesen.»

Miss Marples Stimme wurde leiser.

«Als mir das klargeworden war, wußte ich, daß sofort etwas unternommen werden müßte. Aber es war noch kein Beweis vorhanden. Ich dachte mir einen Plan aus und sprach mit Sergeant Fletcher darüber.»

«Fletcher wird noch etwas von mir zu hören bekommen», sagte Craddock. «Er hätte sich für Ihre Pläne nicht einspannen lassen dürfen, ohne mir Meldung zu erstatten.»

«Er fühlte sich auch gar nicht wohl in seiner Haut, aber es gelang mir, ihn zu überreden», erklärte Miss Marple. «Wir gingen nach Little Paddocks, und ich nahm mir Mizzi vor.»

Julia warf ein:

«Ich kann mir gar nicht vorstellen, wie Sie Mizzi überreden konnten.»

«Das war auch nicht einfach», bestätigte Miss Marple. «Sie denkt viel zuviel an sich, und es war sehr gut für sie, auch einmal etwas für ihre Mitmenschen zu tun. Ich schmeichelte ihr und sagte ihr, ich sei sicher, daß sie, wenn sie während des Krieges in ihrem Vaterland gewesen wäre, bei der Widerstandsbewegung mitgearbeitet hätte. Und sie sagte: ‹Aber natürlich!› Dann sagte ich ihr, sie sei für solch eine

Aufgabe ideal geeignet, denn sie sei so tapfer und habe keine Angst vor Gefahren und so weiter. Ich erzählte ihr von Heldentaten, die Mädchen in der Widerstandsbewegung vollbracht hätten; einige dieser Geschichten stimmten, andere habe ich, das muß ich zu meiner Schande gestehen, erfunden. Sie regte sich furchtbar auf.»

«Großartig!» rief Patrick.

«Und dann brachte ich sie so weit, daß sie zustimmte, die Rolle zu spielen. Ich paukte ihr jedes Wort ein und sagte ihr dann, sie solle in ihr Zimmer gehen und erst herunterkommen, wenn Inspektor Craddock erschienen sei. Das Schlimme bei so rasch erregbaren Menschen ist, daß sie leicht den Kopf verlieren und vorzeitig loslegen.»

Nun setzte Craddock wieder den Bericht fort:

«Ich mußte Mizzis Erklärung, sie habe Miss Blacklock in der Halle gesehen, scheinbar mit Skepsis aufnehmen, dafür beschuldigte ich jemanden, der bisher noch nicht verdächtigt worden war, nämlich Edmund.»

«Und ich habe meine Rolle sehr schön gespielt», sagte Edmund. «Verabredungsgemäß leugnete ich alles wütend. Was aber gegen den Plan verstieß, war, daß du, Phillipa, mein Liebling, dich als ‹Pip› entpupptest. Weder der Inspektor noch ich hatten eine Ahnung davon. Ich sollte Pip sein! Das brachte uns nun schwer aus dem Konzept, aber der Inspektor fand gleich eine Lösung, indem er einige gemeine Verdächtigungen gegen mich ausstieß – ich wollte eine reiche Frau heiraten –, eine Behauptung, die wahrscheinlich in deinem Unterbewußtsein weiterleben und eines Tages Ärger zwischen uns hervorrufen wird.»

Nun fiel wieder Miss Marple ein:

«Charlotte Blacklock nahm an, daß die einzige Person, die die Wahrheit vermutete oder sie wußte, Mizzi sei. Die Polizei verdächtigte zwar offensichtlich Edmund und glaubte Mizzi nicht. Aber wenn Mizzi auf ihrer Aussage bestünde, könnte man ihr schließlich doch Glauben schenken – also mußte auch Mizzi für immer zum Schweigen gebracht werden.

So folgte sie Mizzi, nachdem diese, wie ich ihr gesagt hatte, in die Küche gegangen war. Mizzi war anscheinend allein, aber Sergeant Fletcher und ich hatten im Abstellraum Stellung bezogen... ein Glück, daß ich so dünn bin.»

Bunch blickte Miss Marple an und fragte:

«Was glaubtest du denn, was geschehen würde, Tante Jane?»

«Entweder würde Charlotte dem Mädchen Geld versprechen, damit es den Mund hält – in diesem Fall wäre der Sergeant Zeuge gewesen –, oder... oder, so dachte ich, sie würde versuchen, Mizzi umzubringen.»

«Aber sie konnte doch nicht annehmen, daß dieser Mord nicht entdeckt würde. Der Verdacht hätte sich doch sofort gegen sie gerichtet.»

«Ach, mein Kind, sie war ja ganz von Sinnen, sie war wie eine in die Enge getriebene Ratte. Denk doch, was am Nachmittag geschehen war. Sie hört die Unterhaltung zwischen Miss Hinchliffe und Miss Murgatroyd. Miss Hinchliffe fährt zum Bahnhof, sowie sie zurückkommt, wird Miss Murgatroyd ihr sagen, daß Letitia Blacklock während des Überfalls nicht im Wohnzimmer gewesen sei. Es stehen ihr also nur wenige Minuten zur Verfügung, um Miss Murgatroyd zum Schweigen zu bringen. Sie kann keine Pläne machen, keinen Ausweg erfinden, ihr bleibt nur ein gemeiner Mord übrig.

Sie packt die arme Frau und erwürgt sie.

Dann eilt sie nach Hause, zieht sich um, sitzt beim Kamin, als die andern kommen, muß sie harmlos erscheinen, als sei sie nicht draußen gewesen.

Und dann erhält sie diesen Brief, der Julias wahre Persönlichkeit enthüllt. Sie zerreißt ihr Halsband und hat entsetzliche Angst, daß ihre Narbe bemerkt werden könnte. Später ruft der Inspektor an und teilt ihr mit, daß er mit sämtlichen Nachbarn nach Little Paddocks kommen wird. Sie hat keine Zeit zu überlegen, sie hat nicht einen Augenblick Ruhe. Sie ist nun ganz verstrickt in Morde, aber sie fühlt sich noch halbwegs sicher.

Doch dann taucht mit Mizzi eine neue Gefahr auf! Es gibt nur eins: Mizzi den Mund zu stopfen, sie zu ermorden! Sie ist außer sich vor Angst, sie ist kein Mensch mehr, sie ist zum reißenden Tier geworden.»

«Aber warum warst du in dem Abstellraum, Tante Jane?» fragte Bunch. «Du hättest das doch dem Sergeant überlassen können.»

«Es war sicherer, wenn wir zu zweit dort waren, mein Kind. Und außerdem wußte ich, daß ich Dora Bunners Stimme nachahmen konnte. Wenn etwas zum Zusammenbruch Charlotte Blacklocks führen konnte, so war es das.»

Ein langes Schweigen folgte, das schließlich Julia brach:

«Mizzi ist ganz verändert, sie erzählte mir, sie würde eine Stellung in der Nähe von Southampton annehmen.»

«Zu mir ist sie ganz sanft geworden», berichtete Phillipa. «Sie hat mir sogar das Rezept für den ‹Köstlichen Tod› als eine Art Hochzeitsgeschenk mitgeteilt. Sie stellte aber die Bedingung, ich dürfte es nicht Julia verraten, weil Julia ihre Omelettepfanne verdorben hätte.»

«Und Mrs. Lucas ist jetzt die Liebenswürdigkeit selbst zu Phillipa», sagte Edmund. «Sie hat uns einen silbernen Spargelheber als Hochzeitsgeschenk geschickt. Es wird mir aber ein Riesenvergnügen sein, sie nicht zur Hochzeit einzuladen, da sie immer so ekelhaft zu Phillipa war.»

«Und so werden sie alle glücklich leben!» rief nun Patrick. «Edmund und Phillipa . . . und Julia und Patrick?» fügte er zögernd hinzu.

«Mit mir wirst du nicht glücklich leben», widersprach Julia. «Die Bemerkung, die Inspektor Craddock gegen Edmund richtete, trifft auf dich zu. Du bist einer jener jungen Männer, die auf eine reiche Frau aus sind. Mit mir ist da nichts zu machen!»

«Undank ist der Welt Lohn!» erwiderte Patrick. «Nach allem, was ich für dieses Mädchen getan habe.»

«Mich fast wegen Mordverdachts ins Gefängnis gebracht, das hast du mit deiner Vergeßlichkeit für mich getan», sagte Julia. «Ich werde den Moment, da der Brief deiner Schwester ankam, mein Lebtag nicht vergessen. Ich dachte, ich sei nun in der Falle, und sah keinen Ausweg.»

Dann fügte sie nachdenklich hinzu: «Ich glaube, ich werde zur Bühne gehen . . .»

«Was? Du auch?» stöhnte Patrick.

«Ja. Vielleicht gehe ich nach Perth und versuche, Julias Platz bei der Truppe einzunehmen. Und wenn ich dann den Theaterbetrieb aus dem Effeff kenne, werde ich selbst ein Theater übernehmen und vielleicht Edmunds Stücke aufführen.»

«Tiglatpileser muß eigentlich der stolzeste Kater der Welt sein», sagte Bunch unvermittelt. «Er hat uns gezeigt, wie der Kurzschluß entstanden ist.»

«Wir sollten ein paar Zeitungen und Zeitschriften bestellen», sagte Edmund zu Phillipa am Tag ihrer Rückkehr aus den Flitterwochen. «Laß uns zu Totman gehen.»

Mr. Totman, ein schwer atmender, sich langsam bewegender Mann, empfing sie mit aller Liebenswürdigkeit.

«Ich freue mich, Sie wiederzusehen, Sir. Und Sie natürlich auch, Madam.»

«Wir möchten ein paar Zeitschriften und Zeitungen bestellen.»

«Natürlich, Sir. Und Ihre Frau Mutter ist wohlauf, hoffe ich? Sie hat sich in Bournemouth niedergelassen, nicht wahr? Will sie für immer dort bleiben?»

«Sie liebt Bournemouth», erklärte Edmund, der nicht im entferntesten wußte, ob das der Wahrheit entsprach, aber wie die meisten Söhne zog er es vor anzunehmen, daß es jenen geliebten, aber auch ziemlich irritierenden Wesen, die Eltern nun mal sind, einfach gutgeht.

«Natürlich, Sir. Ein ausgesprochen reizendes Plätzchen. Hab dort im letzten Jahr meine Ferien verbracht. Meiner Frau hat es auch sehr gefallen dort.»

«Wie schön. Nun zu den Zeitschriften, wir möchten –»

«Und ich habe gehört, daß ein Stück von Ihnen in London gespielt wird, Sir. Sehr amüsant, erzählte man mir.»

«Ja, es läuft recht gut.»

«Es heißt *Elefanten vergessen*, sagte man mir – stimmt das? Sie entschuldigen, Sir, wenn ich Sie das frage, aber ich dachte immer, sie würden *nicht* – vergessen, meine ich.»

«Ja – ja, genau. Ich glaube langsam selber, daß es ein Fehler war, das Stück so zu nennen. So viele Leute haben mich schon, so wie Sie, darauf angesprochen.»

«Ein naturwissenschaftliches ... äh ... biologisches Faktum, dachte ich immer.»

«Gewiß. So wie Ohrwürmer gute Mütter machen.»

«Was Sie nicht sagen, Sir. Das habe ich *nicht* gewußt.»

«Nun zu den Zeitungen ...»

«*The Times*, Sir, die hatten Sie abonniert?»

Mr. Totman wartete mit gezücktem Bleistift.

«*The Daily Worker*», erwiderte Edmund würdevoll.

«Und den *Daily Telegraph*», sagte Phillipa.

«Und den *New Statesman*», ergänzte Edmund.

«*The Radio Times*», fügte Phillipa hinzu.

«*The Spectator*», fiel Edmund noch ein.

«*The Gardener's Chronicle* nicht zu vergessen», erinnerte Phillipa.

Beide machten eine Pause, um Atem zu holen.

«Vielen Dank, Sir», sagte Mr. Totman. «*Und* die *Chipping Cleghorn Gazette*, nicht wahr?»

«Nein», sagte Edmund.

«Nein», sagte Phillipa.

«Entschuldigen Sie – Sie *wollen* die *Gazette*?»

«Nein.»

«Nein.»

«Sie meinen» – Mr. Totman war ein Mann, der völlige Klarheit liebte – «Sie meinen, Sie wollen *nicht* die *Gazette*?!»

«So ist es. Wir wollen sie nicht.»

«Ganz bestimmt nicht.»

«Sie wollen nicht die *North Benham News and the Chipping Cleghorn Gazette*???»

«Nein.»

«Sie wollen sie nicht jede Woche zugeschickt bekommen?»

«*Nein*», wiederholte Edmund mit Nachdruck und fügte hinzu: «Ist das jetzt klar?»

«Oh, ja, Sir – ja, gewiß.»

Edmund und Phillipa verabschiedeten sich und verließen Mr. Totman – der sofort, nachdem die Tür sich hinter den beiden geschlossen hatte, in sein hinteres Büro eilte.

«Hast du einen Stift, Mutter?» fragte er. «Mein Schreiber streikt.»

«Hier», sagte Mrs. Totman, nahm dann aber gleich selbst den Bestellblock zur Hand und meinte: «Ich schreib's auf. Was wollen Sie haben?»

«*Daily Worker, Daily Telegraph, Radio Times, New Statesman, Spectator* . . . laß mich überlegen . . . und *Gardener's Chronicle*.»

«*Gardener's Chronicle*», wiederholte Mrs. Totman, eifrig kritzelnd. «Und die *Gazette*.»

«Die *Gazette* wollen sie nicht.»

«Was?»

«Sie wollen die *Gazette* nicht. Haben sie gesagt.»

«Unsinn», schnaubte Mrs. Totman. «Du mußt dich verhört haben. Natürlich wollen sie die *Gazette*! Jeder hat die *Gazette*. Wie sollen sie sonst wissen, was hier geschieht?»

Die Krone der
«Queen of Crime»

540 Seiten /
Paperback

Agatha Mary Clarissa Miller, geschiedene Christie, lebte ein ungemein interessantes, ereignisvolles Leben – reich an Situationen und Begegnungen.

Und so haben ihre Memoiren das, was echte Größe ausmacht: Lebendigkeit, farbige Dichte, Distanz, Beobachtungslust, Humor, den Blick für das Wesentliche einer Zeit und ihrer Menschen, Toleranz – und unglaublich viel Charme.

Scherz

Agatha Christie

Agatha Mary Clarissa Miller, geboren am 15. September 1890 in Torquay, Devonshire, sollte nach dem Wunsch der Mutter Sängerin werden. 1914 heiratete sie Colonel Archibald Christie und arbeitete während des Krieges als Schwester in einem Lazarett. Hier entstand ihr erster Kriminalroman *Das fehlende Glied in der Kette*. Eine beträchtliche Menge Arsen war aus dem Giftschrank verschwunden – und die junge Agatha spann den Fall aus. Sie fand das unverwechselbare Christie-Krimi-Ambiente.

Gleich in ihrem ersten Werk taucht auch der belgische Detektiv mit den berühmten »kleinen grauen Zellen« auf: Hercule Poirot, der ebenso unsterblich werden sollte wie sein weibliches Pendant, die reizend altjüngferliche, jedoch scharf kombinierende Miss Marple (*Mord im Pfarrhaus*).

Im Lauf ihres Lebens schrieb die »Queen of Crime« 67 Kriminalromane, unzählige Kurzgeschichten, 7 Theaterstücke (darunter *Die Mausefalle*) und ihre Autobiographie.

1956 wurde Agatha Christie mit dem »Order of the British Empire« ausgezeichnet und damit zur »Dame Agatha«. Sie starb am 12. Januar 1976 in Wallingford bei Oxford.

Von Agatha Christie sind erschienen:

Das Agatha Christie Lesebuch
Agatha Christie's Miss Marple
   Ihr Leben und ihre Abenteuer
Agatha Christie's Hercule Poirot
   Sein Leben und seine Abenteuer
Alibi
Alter schützt vor Scharfsinn nicht
Auch Pünktlichkeit kann töten

Auf doppelter Spur
Der ballspielende Hund
Bertrams Hotel
Die besten Crime-Stories
Der blaue Expreß
Blausäure
Das Böse unter der Sonne
   oder Rätsel um Arlena

Die Büchse der Pandora
Der Dienstagabend-Club
Ein diplomatischer Zwischenfall
Dreizehn bei Tisch
Elefanten vergessen nicht
Die ersten Arbeiten des Herkules
Das Eulenhaus
Das fahle Pferd
Fata Morgana
Das fehlende Glied in der Kette
Ein gefährlicher Gegner
Das Geheimnis der Goldmine
Das Geheimnis
    der Schnallenschuhe
Das Geheimnis von Sittaford
Die großen Vier
Das Haus an der Düne
Hercule Poirots größte Trümpfe
Hercule Poirot schläft nie
Hercule Poirots Weihnachten
Karibische Affaire
Die Katze im Taubenschlag
Die Kleptomanin
Das krumme Haus
Kurz vor Mitternacht
Lauter reizende alte Damen
Der letzte Joker
Die letzten Arbeiten des
    Herkules
Der Mann im braunen Anzug
Die Mausefalle und andere Fallen
Die Memoiren des Grafen
Mit offenen Karten
Mörderblumen
Mördergarn
Die mörderische Teerunde
Die Mörder-Maschen
Mord auf dem Golfplatz
Mord im Orientexpreß

Mord im Pfarrhaus
Mord im Spiegel oder
    Dummheit ist gefährlich
Mord in Mesopotamien
Mord nach Maß
Ein Mord wird angekündigt
Die Morde des Herrn ABC
Morphium
Nikotin
Poirot rechnet ab
Rächende Geister
Rotkäppchen und der böse Wolf
Ruhe unsanft
Die Schattenhand
Das Schicksal in Person
Schneewittchen-Party
Ein Schritt ins Leere
16 Uhr 50 ab Paddington
Der seltsame Mr. Quin
Sie kamen nach Bagdad
Das Sterben in Wychwood
Der Tod auf dem Nil
Tod in den Wolken
Der Tod wartet
Der Todeswirbel
Tödlicher Irrtum oder
    Feuerprobe der Unschuld
Die Tote in der Bibliothek
Der Unfall und andere Fälle
Der unheimliche Weg
Das unvollendete Bildnis
Die vergeßliche Mörderin
Vier Frauen und ein Mord
Vorhang
Der Wachsblumenstrauß
Wiedersehen mit Mrs. Oliver
Zehn kleine Negerlein
Zeugin der Anklage

Agatha Christie – Queen of Crime

Sie ist die erfolgreichste Schriftstellerin aller Zeiten, und ihre Romane sind in 103 Ländern der Welt erschienen. Laut «Guiness-Buch der Rekorde» ist Agatha Christie die Schriftstellerin mit den weltweit meistverkauften Büchern – die Filme mit Miss Marple und Hercule Poirot sind einem Millionenpublikum bestens vertraut.

Die Original-Agatha-Christie-Taschenbücher erscheinen nur im Scherz Verlag.

Scherz

EIN CHRISTIE-FESTIVAL

384 Seiten, Paperback

Wenn zwei so scharfsinnige und erfahrene Detektive wie Miss Marple und Hercule Poirot auf Mörderjagd sind, gibt es auch für den gerissensten Verbrecher kein Entrinnen.

Zwei packende Klassiker aus der Feder der Queen of Crime garantieren Hochspannung.

Scherz

HOCHSPANNUNG ZUR ENTSPANNUNG

384 Seiten, Paperback

Erstklassige kleine Gänsehaut-Thriller
für Liebhaber effektvoller mörderischer
Erzählkunst.

Das Gala-Geschenk für köstliche Lesestunden
am knisternden Kamin.

Scherz

EIN LITERARISCHER GIFTCOCKTAIL

384 Seiten, Paperback

Ein Schlückchen in Ehren kann
niemand verwehren...
Weltberühmte Autoren verführen
auf unwiderstehliche Weise zu
einem letzten Drink – ein Feuerwerk
mörderischer Mixturen.

DAS HORROR-BUCH

384 Seiten, Paperback

Hier geben sich die großen Namen
des Unheimlichen und des Grauens
ein Stelldichein. Ein genüßlicher Horrortrip
für Unerschrockene, die keine Abgründe
scheuen – seien sie auch noch so tief.

Scherz